하북팽가 검술천재 22

2023년 12월 20일 초판 1쇄 인쇄
2023년 12월 26일 초판 1쇄 발행

지은이 이도훈
발행인 강준규

기획 이기헌 왕소현 임동관 박경무 강민구 조익현
책임편집 주현진
마케팅지원 이원선

발행처 (주)로크미디어
출판등록 2003년 3월 24일
주소 서울시 마포구 마포대로 45 일진빌딩 6층
Tel (02)3273-5135 **Fax** (02)3273-5134
홈페이지 rokmedia.com **E-mail** rokmedia@empas.com

값 9,000원

ISBN 979-11-408-1314-8 (22권)
ISBN 979-11-354-7650-1 04810 (세트)

ROK
MEDIA
로크미디어

이도훈 신무협 장편소설

하북팽가
검술천재

22

차
례

선택(2)

적과 마주하던 제갈공려는 마른침을 삼켰다.

향로와 벽에 붙어 있던 야명주가 연결된 것을 알았기 때문이다.

어찌 보면 흔히 볼 수 있는 기관 장치였다.

물건 하나 건드렸다고 이 넓은 공간의 야명주가 단번에 사라진다고?

이 비밀 공간이 평범한 곳이 아니라는 것을 알았지만, 이 정도인 줄은 몰랐다.

제갈공려는 동작을 멈췄다.

물론 상대도 숨을 죽였다.

이 상황이 제갈공려 일행에게 불리한 상황이라는 것은 확실했다.

적의 정체도 모르는 데다, 숫자도 확실치 않다.

어둠 속에 있던 적이 무작위로 칼부림을 한다면 다치는 것은 유생을 비롯한 아군일 것이다.

다행히도 적들은 바로 들이닥치지 않았다.

먹잇감을 노리는 늑대의 눈처럼 번뜩이던 검기도 모습을 감췄다.

어색한 탐색전이 이어지고 있을 때였다.

제갈공려는 고개를 갸웃했다.

어둠 속에서 자신의 옷자락이 희미하게 빛났기 때문이다.

제갈공려는 재빨리 주변을 살폈다.

순간 제갈공려가 헛숨을 들이켰다.

"후."

이건 함정이었다.

대나무 통에 들어 있던 것은 물이 아니라 야광 물질이었다.

시간을 두고 빛을 발하는 걸로 봐서는 발광버섯의 분말을 탄 액체가 분명했다.

그 빛은 점점 더 강해졌다.

어둠 속에서 그 빛은 사냥감에 찍어 놓은 낙인에 가까웠다.

이대로면 적의 모습은 보이지 않는데, 아군만 노출되는 상황.

어둠 속에서 괴인들이 외쳤다.

"효명 공주를 사로잡아라! 절대 상처를 입혀서는 안 된다!"

그들이 처음으로 목적을 밝혔다.

그들의 기척이 점점 가까워질 때였다.

뒤쪽에서 목소리가 들렸다.

"다들 뒤로 물러나세요."

청화의 목소리였다.

제갈공려가 다급히 외쳤다.

"네 옷에도 야광이 묻어 있다! 너도 뒤로 물러나!"

그녀의 말대로 청화의 옷에도 발광버섯 가루가 묻어 있었다.

제갈공려가 머뭇거리자 청화가 다시 외쳤다.

"빨리요!"

그 외침에 제갈공려가 효명이 있던 곳으로 자리를 옮겼다.

그녀를 보호하기 위함이었다.

괴인들은 가장 앞에 있는 청화에게 달려들었다.

"저자부터 죽이고 효명을 노린다."

"존명!"

마지막 외침과 함께 발소리가 울려 퍼졌다.

타다닥.

점점 가까워지는 그들의 기척.

모두가 긴장하고 있을 때였다.

갑자기 묘한 소리가 그들의 앞에 울렸다.

털썩.

쿠당탕.

다가오던 괴인들이 뒤엉키는 소리였다.

그 소리를 마지막으로 실내는 쥐 죽은 듯 조용해졌다.

그것도 잠시, 청화가 작게 말했다.

"아, 큰일 났네. 공자님이 이건 쓰지 말라고 했는데……."

"괜찮아. 잘했어."

설화가 청화를 다독였다.

"지금은 괜찮을까요?"

"목숨이 왔다 갔다 하는데 실력을 숨길 수는 없잖아."

"그래도 어떤 일이 있어도 자신의 실력을 어느 정도는 숨기라고 하셨는데. 삼 할이었나? 삼 푼이었나?"

어둠 속이지만 고개를 갸웃하는 모습이 느껴질 정도였다.

그 모습에 설화가 말했다.

"지금은 그게 중요한 게 아니잖아. 그런데 쟤들 죽은 거야?"

"아니에요, 언니. 그냥 독 기운 속에 가뒀어요."

"오, 얼마나 유지되는데?"

"아마 세 시진 정도는 죽은 쥐처럼 널브러져 있을 거예요."

청화가 자신 없다는 듯 고개를 갸웃했다.

제갈공려는 그들의 대화에 눈을 가늘게 떴다.

이제야 어찌 된 일인지를 파악한 것이다.

제갈공려는 청화가 사천당가의 직계라는 것과 그녀가 공독지체라는 것을 가끔 까먹는다.

신체로만 보면 청화는 벌써 천하제일의 독인이었다.

문제가 있다면 아직까지는 독을 다루는 솜씨가 서툴다는 점이다.

공독지체는 말 그대로 어떤 독이든 신체에 담아 둘 수 있는 체질이었다.

문제는 그 독을 방출할 시, 아직은 강도 조절이 안 된다는 점이다.

섣불리 독을 썼다가는 자칫하면 아군까지 다칠 수 있었다.

이곳에 효명 공주까지 있다는 것을 생각하면 밀폐된 공간에서 맹독을 사용할 수도 없는 노릇.

다행히도 청화는 그동안 독공에 대한 수련도 게을리하지 않아 보였다.

몸에 담아 둔 적당한 독으로 기척이 느껴지는 공간을 장악한 것이다.

여기까지 생각한 제갈공려는 그녀의 발전에 적잖게 놀랐다.

"청화야, 너는 내가 책임지고 만점을 주마."

"진짜요?"

"물론 내가 맡은 강의만."

그녀의 말에 청화가 눈을 동그랗게 떴다.

이곳은 다름 아닌 유림 서원이었다.

만점이라는 얘기는 청화뿐 아니라 설화의 가슴도 뛰게 했다.

제갈공려가 말을 이었다.

"살아만 나간다면……."

그 말에 주위가 다시 조용해졌다.

적은 제압했지만, 상황은 암울했다.

독으로 제압한 자들이 적 전력의 전부일까?

또 다른 적은 없을까?

의문에 대한 답은 아직 나오지 않았다.

뒤쪽에 있는 효명 공주와 장유중은 쥐 죽은 듯 숨어 있는 것 같다.

앞쪽은 독 기운으로 그물을 펼쳐 놓은 상태.

누구도 움직이는 자는 없었다.

이쯤 되자 고민은 저들의 칼이 아니었다.

한빈이 돌아오지 않는다면 꼼짝없이 한 달을 갇혀 지내야 했다.

어둠 속에서 과연 한 달을 지낼 수 있을까?

문제는 식량이었다.

제갈공려는 한빈의 서찰을 떠올렸다.

왜 남은 음식을 바리바리 싸서 보냈는지 이제야 알 것 같았다.

이곳에 들어온 지 벌써 두 시진이 지났다.

그런데도 다시 돌아오지 않는 것을 보면 적을 따돌리는 데 애를 먹는 것이 분명했다.

그때 장혜화의 목소리가 들려왔다.

"언니, 향로를 바로잡으면 빛이 돌아오지 않을까요?"

"말이 되네. 내가 해 볼게, 동생."

제갈공려는 향로의 위치를 정확히 떠올리고 있었다.

그녀는 향로가 있었던 자리를 떠올리고는 걸어가며 앞으로 손을 뻗었다.

탁.

손보다 발이 먼저 향로에 걸렸다.

제갈공려는 향로를 잡았다.

거대한 청동화로라지만, 제갈공려가 일으키지 못할 리가 없었다.

화로를 다시 세우려던 제갈공려는 눈을 크게 떴다.

아무리 힘을 줘도 꿈쩍하지 않았다.

제갈공려는 진기를 끌어올렸다.

"끙."

그녀의 입에서 가느다란 신음을 흘러나왔다.

향로는 바닥과 하나가 된 듯 움직이지 않았다.

제갈공려는 자신도 모르게 진기를 최대한 끌어올렸다.

주변 사람들이 그녀의 몸에서 피어져 나오는 기세를 느낄 정도였다.

장혜화가 다급하게 외쳤다.

"언니! 그러다가 부서지면 우리는 영영 못 나갈지 몰라요!"

"앗, 미안."

제갈공려가 향로에서 손을 떼었다.

기관 장치의 기본에 대해서 그녀가 모를 리 없었다.

그녀는 제갈세가의 사람이니까.

대부분 기관 장치는 부품이 손상되면 멈추기 마련이었다.

그래서 함정이 설치된 기관 장치를 공략할 때는 부품을 고장 내면 된다.

하지만 지금처럼 기관 장치가 문과 연결되어 있다면?

자칫하면 입구를 영영 못 열 수도 있다는 말이었다.

제갈공려와 장혜화가 당황하고 있을 때였다.

어둠 속에서 떨리는 목소리가 들려왔다.

"저 죽는 거예요? 그 전에 신선 오라버니 한번 보고 싶은데…….."

이건 분명 효명 공주의 목소리였다.

제갈공려가 나지막한 목소리로 말했다.

"저희는 죽지 않아요. 그러니 안심하셔도 돼요. 그런데 신선 오라버니라니, 대체 그게 누구예요?"

"그러니까 그게…….."

효명 공주는 손가락을 꼼지락거렸다.

그 모습에 제갈공려가 어둠 속에서 푸근한 미소를 지었다.

"말씀 안 하셔도 돼요."

"아니에요. 그래도 말해야겠어요. 세상에서 제일 강하고 세상에서 제일 멋진 신선이에요."

"네?"

"아, 그러니까…… . 나머지는 비밀이에요."

순간 제갈공려의 머릿속에 누군가가 떠올랐다.

신선이라는 호칭 말고는 모든 것이 일치했다.

제갈공려가 효명의 어깨를 다독였다.

"제가 꼭 만나게 해 드릴게요. 편히 쉬셔도 돼요, 공주 마마."

"아, 알았어요."

효명 공주가 어둠 속에서 고개를 끄덕였다.

칠흑 같은 어둠 속에 어색한 침묵이 이어지려 할 때였다.

제갈공려는 눈을 가늘게 뜨고 고개를 돌렸다.

코끝에 차가운 바람이 느껴졌기 때문이다.

이것은 외부에서 불어오는 바람이 분명했다.

주위를 두리번거리던 제갈공려의 시선이 한 곳에 멈췄다.

그곳에는 희미하게나마 불빛이 새어 나오고 있었다.

청아한 기운이 점점 다가온다.

그 기운이 실내를 휘젓고 다닌다.

휘 휙.

실내를 휘젓던 산들바람은 이내 자취를 감췄다.

반 시진가량이 지났을 때였다.

어둠 속에서는 마른침 넘기는 소리만 들렸다.

모두가 극도로 긴장한 상태.

평소라면 어둠 속에서 잠이라도 들었을 테지만, 적이 있는 상태에서는 불가능했다.

그때였다.

갑자기 굉음이 울렸다.

쾅.

동시에 눈앞에 섬광이 번쩍였다.

제갈공려는 재빨리 눈을 가렸다.

그녀는 잠시 시간을 보낸 후 천천히 눈을 떴다.

지금 번쩍였던 섬광의 정체는 다시 모습을 나타낸 야명주였다.

갑자기 야명주가 돌아오자 어둠 속에 익숙해진 눈 때문에 섬광으로 착각한 것이다.

주변을 돌아보니 향로가 제자리로 돌아와 있었다.

어떻게 된 일일까?

뒤를 돌아보니 다행히도 일행은 무사했다.

그때 효명 공주가 자리에서 일어나 어딘가를 가리켰다.

"신선 오라버니가 피범벅이……."

"네?"

고개를 갸웃한 제갈공려가 뒤를 돌았다.

그곳에는 피를 흠뻑 뒤집어쓴 한빈이 빙긋 웃고 있었다.

그 모습에 제갈공려가 물었다.

"신선 오라버니가 혹시……?"

"지금 무슨 말씀을 하십니까?"

"아, 아무것도 아니에요, 팽 공자."

"그건 그렇고 잘 대비하셨네요."

한빈이 널브러진 괴인들을 가리켰다.

그들은 모두 유생 복장을 하고 있었다.

이를 드러내지 않았다면 누가 누군지 모를 정도로 변장을
철저히 했다.

제갈공려가 어색하게 웃었다.

"아니에요, 오히려 팽 공자의 서찰 덕분에 무사히 넘겼어
요. 호호."

그녀는 웃음을 멈추고 주변을 둘러봤다.

과연 대처를 잘했다고 할 수 있을까?

다친 이가 없으니 그랬다고 볼 수도 있지만, 당황한 것도
사실이었다.

그때 한빈이 뒤쪽을 바라보더니 쓰러진 괴인들에게 다가
갔다.

한빈은 월아를 검집에서 뽑았다.

스릉.

그러고는 그들의 얼굴을 향해 그었다.

그것을 바라보던 유생과 효명 공주가 비명을 질렀다.

"앗!"

하지만 그들의 얼굴에서는 피 한 방울 나지 않았다.

월아로 인피면구만을 분리한 것.

한빈이 월아를 다시 검집에 넣자, 그들의 얼굴에서 연주황
가죽이 흘러내렸다.

인피면구 뒤에 드러난 얼굴에, 뒤쪽에 있던 유생들이 경악
했다.

"저게 대체 어떻게 된 거지?"

"그럼 진짜 강 유생은?"

그들의 외침에 한빈이 장유중에게 걸어갔다.

장유중의 앞에 선 한빈이 외쳤다.

"이제 어느 정도 정리가 끝난 것 같습니다!"

"대체 저들은 누군가?"

"아마도 효명 공주를 노리고 온 자객들이겠죠."

"그럼 밖에 있는 자들도……."

"아마 그럴 겁니다."

한빈이 고개를 끄덕였다.

물론 사실이 아니었다.

미리 잠입해 있었던 음양쌍마는 효명 공주를 노린 게 맞았다.

그렇다면 마원은?

분위기를 보면 소군을 노리고 온 것이 분명했다.

소군을 처음 만났을 때 피범벅으로 쓰러져 있던 그 마인들과 한패일 가능성이 컸다.

이건 한빈의 가정일 뿐.

정확한 사실은 천천히 확인하면 되었다.

눈 깜짝할 사이에 상황은 정리되었다.

괴인들의 인피면구를 모두 벗긴 뒤 혈도를 제압하자, 유생들도 한빈의 앞에 모여들었다.

가장 먼저 온 것은 양석봉이었다.

가슴을 쓸어내린 양석봉이 조심스럽게 물었다.

"팽 유생은 대체 정체가 뭡니까?"

"유림 서원에 학문을 배우러 왔으니 유생 아닌가요?"

"허허, 유생이라…….”

"네, 그렇지요.”

"무림인들은 다들 이렇습니까?"

양석봉이 가리킨 것은 피에 흠뻑 젖은 한빈의 상의였다.

한빈의 상태를 말함이 아닐 것이다.

무림인들이 상대하는 위험을 뜻함이 분명했다.

한빈이 말했다.

"아마도 그렇지 않을까요? 강호에 몸담고 있다는 증거니까요."

한빈은 조용히 고개를 끄덕였다.

고개를 돌린 한빈이 손가락을 튕겼다.

딱.

그 소리에 설화가 보따리를 들고 왔다.

설화는 한빈의 앞에 보따리를 풀어났다.

보따리를 바라보던 제갈공려는 올 게 왔다고 하는 표정으로 한숨을 내쉬었다.

"후."

그 모습에 장혜화가 물었다.

"언니, 대체 왜 한숨을 쉬세요?"

"저 보따리에 뭐가 들어 있는지 대충 감이 잡혀서 그래, 동생."

"감이 잡히다니요?"

"아마도 저기에는 계약서가 들어 있을 거야. 그리고 우리 중 대부분은 계약서를 써야 하고."

"……."

장혜화가 말없이 고개를 갸웃했다.

아무리 생각해도 이해가 안 된다는 표정이었다.

옆에서 대화를 지켜보던 양석봉이 급하게 끼어들었다.

"계약서라니, 그게 무슨 말씀입니까? 제갈 학사님."

"이건 강호인들끼리의 이야기라서 양 유생은 몰라도 돼요."

"저는 벌써 썼습니다. 그래서 여쭤본 겁니다."

"아, 벌써 인연을 맺었군요."

"인연이라니요?"

"팽 공자는 인연을 계약서로 맺습니다."

"인연이요?"

깜짝 놀란 양석봉이 한빈을 바라봤다.

한빈은 포박을 다시 확인하고 있었다.

포승줄에 감긴 괴인들은 누에고치와 흡사해 보였다.

제갈공려가 양석봉을 바라봤다.

그때였다.

장혜화가 제갈공려의 옆구리를 찔렀다.

"언니, 계약서가 아닌데요."

"동생, 뭐라고……."

제갈공려는 말끝을 흐리며 한빈의 손을 바라봤다.

한빈의 손에는 포승줄이 들려 있었다.

한빈은 괴인들을 다시 포박하기 시작했다.

사사—삭.

눈 깜짝할 사이에 괴인들을 포박하는 한빈.

사실 제갈공려가 놀란 것은 포박하는 한빈의 모습이 아니었다.

산전수전 다 겪은 노고수와 같은 한빈의 포박술도 물론 놀라웠다.

하지만 그보다 더 놀라운 것은 설화의 보따리였다.

제갈공려는 호기심을 참지 못하고 물었다.

"설화야, 한 가지만 묻고 싶은데 괜찮겠지?"

"네, 말씀하세요."

"대체 그 보따리에는 안 들어 있는 게 뭐지?"

"안 들어 있는 거라니요?"

"내가 사천당가에서부터 쭉 지켜봤는데, 보따리에 안 들어 있는 게 없는 것 같아서."

"에이, 안 들어 있는 것도 많아요."

"그게 뭔데?"

"예를 들어 당과 같은 거요."

"당과?"

"당과는 다른 주머니에 넣어 다니거든요."

설화가 옆구리에서 기다란 가죽 주머니를 꺼냈다.

단검을 넣어 두면 딱 알맞은 크기였다.

설화가 주머니를 열었다.

"하나 드실래요?"

"아, 아니. 됐다, 설화야."

제갈공려가 손을 내저었다.

황당한 모습에 장혜화는 고개를 저었다.

대체 이 상황에서 당과라니!

거기에 없는 게 없는 보따리라니!

그저 예의 바른 유생인 줄 알았던, 하북팽가의 사 공자와 그의 일행이 놀랍기만 할 뿐이었다.

그때였다.

한빈이 아래쪽을 가리키며 말을 이었다.

"이놈들은 저 구석에 몰아넣고 우린 여길 나간다."

"네, 공자님."

"바로 옮길게요."

설화와 청화가 괴인들을 옮겼다.

그때 장혜화가 물었다.

"여기에다가 두면 어떻게 해요?"

"열쇠가 없는 한 여기보다 완벽한 감옥은 없으니까 괜찮을 겁니다."

한빈이 바닥을 가리켰다.

그 모습에 장혜화가 조심스러운 표정으로 말을 이었다.

"그게 아니라, 여기 놔두면 굶어 죽을 것 같은데요."

"저들의 기척으로 보아 기본적인 귀식대법은 익히고 있을 겁니다. 저들이 약해지면 약해질수록 자백을 받기도 쉬울 겁니다.”

한빈이 씩 웃었다.

귀식대법의 기본은 신체의 활동량을 줄이는 것이다.

신진대사조차 느리게 만들어서 완벽하게 기척을 숨기는 수법.

느려진 신진대사 덕분에 귀식대법을 펼치면 밥을 안 먹고도 보름까지 버틸 수 있었다.

한빈은 조용히 앞장섰다.

괴인들을 구석으로 옮겨 놓은 설화와 청화가 그 뒤를 따랐다.

달빛이 입구 쪽에 스며들자 모두는 안도의 한숨을 내쉬었다.

이제 입구에 도착한 것이다.

한빈은 먼저 입구를 나섰다.

그러고는 주위를 살폈다.

앞으로 발걸음을 옮기려던 한빈이 다급하게 손을 들었다.

멈추라는 신호였다.

뒤쪽에서 따라오던 모두가 발을 멈췄다.

한빈은 눈을 가늘게 뜨고 주변을 살폈다.

등골을 따라 올라오는 위기감 때문이었다.

물론 원인은 아직 찾지 못했다. 그저 본능일 뿐이었다.

음양쌍마와 마교 고수인 마원을 제압했다.

물론 모두가 같이 공격했다면, 저 자리에 누워 있는 것은 자신이었을 것이다.

"저 자리에……."

한빈은 말을 맺지 못했다.

묘한 위기감의 정체를 알 것 같았다.

멀리 쓰러져 있어야 할 음양쌍마의 모습이 보이지 않았다.

거기에 마원의 등에는 음양쌍마의 무기인 용조수가 꽂혀 있었다.

누가 봐도 음양쌍마가 마원을 해하고 도망간 것처럼 보인다.

하지만 누군가 꾸며 놓은 상황이 분명했다.

자신의 분신과도 같은 용조수를 저리 버리고 도망갈 음양쌍마가 아니었다.

한빈이 저 상황이었더라도 마찬가지였을 것이다.

아무리 급해도 만월이나 월아를 버리고 도망간다는 것은 상상도 할 수 없었다.

한빈은 다시 주변을 살폈다.

주변을 살피던 한빈의 시선이 한 곳에 멈췄다.

심각한 한빈의 모습에 제갈공려가 물었다.

"무슨 일인가요? 팽 공자."

"누군가 있습니다."

"누군가라면…….."

"상대는 분명히 무림삼존의 아래가 아닙니다."

"삼존이라고 했나요?"

"네, 무림삼존의 아래가 아닙니다."

"그렇다면 마교의 교주?"

한빈이 고개를 저었다.

"마교 교주는 아닐 겁니다."

"왜 그렇게 생각하죠?"

"뭐, 감입니다."

한빈의 말에 제갈공려가 미간을 좁혔다.

뭔가 숨기는 것이 있다는 것을 알아챘기 때문이다.

그것도 잠시, 제갈공려는 표정을 풀었다.

지금은 그게 문제가 아니었다.

"저희는 어떻게 할까요?"

"이번에는 도와주셔야 할 것 같습니다."

"그 정도인가요?"

"저희가 다 힘을 합쳐도 무림삼존 중 하나를 이길 수 있을까요?"

"흠."

제갈공려가 고민에 빠졌다.

그 모습에 한빈이 손을 흔들었다.

"그것보다, 제갈공려 누님은 만월경의 좌측 열 걸음 부근에 팔괘진을 만들어 주십시오. 그렇지만 혹시라도 누군가의 기척이 느껴지면 바로 돌아오셔야 합니다."

"누님이라....... 오랜만에 들어 보네요."

제갈공려가 피식 웃었다.

사천당가에서의 사건 이후로 처음 들어 보는 호칭이었다.

당시 한빈은 그녀를 누님이라 불렀었다.

제갈공려는 학우선을 들고는 재빨리 만월경의 좌측으로 이동했다.

한빈은 설화와 청화를 바라봤다.

"너희 둘은 오른쪽에서 기다려라. 설화는 기감을 최대한으로 올리고 청화는 다가오는 자가 있으면 체내의 모든 독을 쏟아부어도 된다."

한빈의 말에 설화와 청화가 낙엽 밟는 소리를 남기고 사라졌다.

사사—삭.

둘의 경공술에 뒤쪽에 있던 이들이 놀란 듯 눈을 크게 떴다.

그때 소군이 손을 들었다.

"저는요?"

"너는 나머지 사람들과 안쪽에 피해 있거라."

"저도 도울 수......."

"너는 도울 수 없다."

한빈이 고개를 흔들자 소군이 뒤쪽으로 물러났다.

"아, 알았어요."

한빈은 내공을 담아 외쳤다.

"강호인이 아닌 자는 모두 안쪽으로 들어가십시오!"

마치 누군가 들으라는 듯 큰 목소리였다.

모두가 의아한 눈으로 보고 있을 때였다.

한빈이 다시 말을 이었다.

"죽기 싫다면! 여기에 남아서 싸우고 싶다면 말리지 않겠습니다. 이곳에 남겠다면 강호인으로 인정하겠습니다. 강호인의 은원에 유생이 끼어들 필요는 없습니다."

한빈의 목소리는 단호했다.

그 목소리에 모두가 뒤로 슬금슬금 물러났다.

대부분의 유생이 입구로 들어갔다.

그때였다.

누군가 한빈의 앞으로 튀어나왔다.

"저도 도울래요. 저는 신선 오라버니를 도울 거예요."

그녀는 다름 아닌 효명 공주였다.

한빈이 눈을 가늘게 떴다.

그때 장유중이 그녀의 소매를 잡아끌었다.

"아니 됩니다. 일단 몸을 피하십시오."

"아니에요. 저는 여기 남을 거예요. 신선 오라버니가 아니었으면 어차피 벌써 죽었을 거예요."

"신선 오라버니가 누군지는 몰라도 일단 안으로 피하셔야 만나시지 않겠습니까?"

"아니에요. 벌써 만났어요. 그리고 모두가 저를 노리고 온 자들이잖아요. 제가 피하면 한 나라의 공주로서 어찌 위신이 서겠어요? 올 테면 오라고 하세요. 제가 미끼가 되면 신선 오라버니가 잡아 줄 거예요. 그렇죠?"

효명 공주가 묻자 한빈이 고개를 끄덕였다.

"신선 오라버니가 누군지는 모르겠지만, 일단 알겠습니다."

한빈이 마지막에 남긴 말은 진심이었다.

물러나지 않은 이상 효명 공주도 강호인으로 인정하는 것이 맞았다.

이곳에 남았다는 자체가 가슴속에 칼을 품었다는 뜻이다.

"그 투지 기꺼이 받지요."

"저도 남을래요."

이번에는 소군이었다.

"네 투지도 받으마. 대신!"

한빈이 짧게 외치자 효명 공주가 긴장한 듯 마른침을 삼켰다.

그 모습에 한빈이 다시 말을 이었다.

"목숨은 알아서 챙기는 게 규칙입니다."

한빈의 말에 효명 공주가 어깨를 흠칫 떤다.

그것도 잠시, 그녀는 야무진 표정으로 외쳤다.

"걱정 안 하셔도 돼요!"

곧 문이 닫혔다. 비밀 공간은 문이 닫히자 평범한 돌벽처럼 보였다.

그때 흑의인 하나가 만월경의 위로 날아와 착지했다.

탁.

꼿꼿이 선 그는 한빈이 있는 곳을 바라봤다.

한빈과 그의 시선이 허공에서 얽혔다.

정체를 숨기기 위해 복면을 한 것까지는 이해가 되었다.

그런데 복면의 위로 가면까지 쓰고 있었다.

그는 가볍게 웃었다.

"크허헐."

가래가 끓는 듯한 소름 끼치는 목소리였다.

미리 안으로 피신해 있던 유생들은 다급하게 귀를 막았다.

내공이 실린 웃음에 견딜 수 없는 것처럼 보였다.

한빈은 그의 외모를 살폈다.

웃음소리로만 봐서는 적어도 이순(耳順), 즉 예순에 접어든 것 같았다.

대충 보면 무림삼존과 비슷한 나이였다.

복면으로 감싼 데다 가면까지 쓰고 있어 머리카락도 보이지 않았다.

그런 이유로 문파조차 추측할 수 없었다.

한빈은 한 발 앞으로 나아갔다.

"어디에서 온 은거 기인이시오?"

"크허헐, 어떻게 내 기척을 알아차렸느냐?"

"기척이 아니라 냄새를 맡았소."

"냄새라?"

"그 복면과 흑의 말입니다."

"……."

"반년은 안 빨아 입은 것 같아서 십 리 밖에서도 냄새를 맡겠더이다."

이건 격장지계였다.

한빈의 수가 통했는지 복면 사이로 안광이 번뜩인다.

"곱게 죽일 수 없는 얄미운 입을 가졌구나."

"당신도 마찬가지요. 쉽게 지나칠 수 없는 냄새를 지녔소."

한빈의 말에 가면 고수는 자신의 소매를 들어 냄새를 맡았다.

그 모습에 한빈이 피식 웃었다.

그의 기척을 느낀 것은 냄새 때문이 아니라 구결 때문이었다.

한빈은 그를 은근한 눈빛으로 바라봤다.

가면 고수의 옆구리에서는 황금색 점이 일렁이고 있었다.

분명히 천급 구결을 획득할 수 있는 표식이었다.

이건 미완성된 초식을 위해 하늘에서 보내 준 선물과도 같았다.

물론 다소 부담스러운 선물이기는 하였다.

그의 무위는 마원이나 음양쌍마와는 차원이 달랐으니까.

냄새를 맡던 가면 고수의 눈이 다시 번뜩였다.

"속였구나, 이놈."

"분위기를 풀 필요가 있어서 농담을 던졌소."

"그래, 농담이라니 이해해 주마. 나는 딱 한 명의 목을 원한다. 그 목을 내놓는다면 나는 말없이 돌아가겠다."

"어떤 목을 내놓으면 되겠소?"

한빈이 팔짱을 끼고 물었다.

순간 뒤쪽에서 효명 공주가 튀어나왔다.

조그마한 체구의 효명이 앞으로 나와 외쳤다.

"내 목숨은 여기에 있다. 어서 가져가거라!"

"크허헐. 네가 누구더냐? 내가 왜 귀찮게 너 같은 계집의 목숨을 빼앗아야 하지? 내가 원하는 목은 딱 하나다."

복면 고수의 말에 한빈이 고개를 갸웃했다.

음양쌍마와 유생으로 변장한 복면인은 모두 효명 공주를 노리고 온 것이 분명했다.

효명 공주를 떠올리자 한빈의 동공이 살짝 커졌다.

비밀 공간 안에 있던 사람들의 이야기를 들어 보면 효명 공주를 사로잡으라고 했었다고 한다.

그런데 눈앞의 괴인은 누군가의 목을 가져가려고 한다고

선포했다.

거기에 더해 효명도 아니라고 하면?

한빈은 슬쩍 고개를 돌렸다.

그곳에는 소군이 억지로 덤덤한 표정을 유지한 채 서 있었다.

저자를 알아서가 아니라 순수하게 두려움을 느끼고 있는 것이 분명했다.

복면 고수가 노리는 것이 소군일까?

한빈은 고개를 저었다.

아마도 지금 그것은 중요하지 않았다.

적이 눈앞에 있고, 적의 몸에 구결을 나타내는 점이 있다는 것이 중요할 뿐이었다.

한빈이 분위기에 어울리지 않는 밝은 표정으로 입을 열었다.

"당신이 누굴 원하는지는 상관없어. 중요한 건 그게 아니니까."

"크허헐. 그럼 중요한 건 뭔가? 일단 한번 들어 보고 싶군."

"뭐, 솔직히 말하면 내가 원하는 목숨도 하나야. 혹시 궁금하지 않아?"

한빈이 어깨를 으쓱하자 복면 고수가 안광을 빛냈다.

그의 기세도 변했다.

달빛을 받은 그의 눈이 붉은색으로 변했다.

순간 효명 공주가 한 발 뒤로 물러났다.

안쪽으로 먼저 들어간 유생들 대부분도 뒤쪽으로 물러났다.

살갗이 따끔거릴 정도의 살기 때문이다.

한빈의 지시대로 만월경에서 멀리 떨어져 있던 설화도 우혈랑검을 꺼내 들었다.

이것은 본능이었다.

복면 고수의 눈빛만으로 위험을 감지한 것.

한빈도 섣불리 움직이지 않았다.

제갈공려에게 부탁한 팔괘진이 완성되기를 기다리고 있기 때문이었다.

한빈이 부탁한 팔괘진은 제갈세가의 진법 중 조금 특수한 것이었다.

제갈공려가 진법을 설치하기 전 한빈은 조용히 신호를 보냈다.

평범한 팔괘진이 아닌 만근팔괘진을 부탁하기 위함이었다.

만근팔괘진은 팔괘에 세상의 무게를 담은 진법이었다.

여기서 만근은 정확한 무게가 아니었다.

진법에 갇힌 자의 무공이 강할수록 그 무게는 무거워진다.

그래서 '세상의 무게'라는 표현을 쓴다.

상대가 한빈 자신보다 더 강하다고 생각되면 만근팔괘진으로 그를 유인할 터였다.

아무리 고수라고 해도 세상의 무게를 이겨 낼 수 있을까? 물론 한빈도 당해 낼 수 없다.

만근팔괘진 안에 갇힌다면 상대나 자신이나 똑같이 위험할 것이 분명했다.

어찌 보면 마지막 수단이었다.

사실 한빈의 계획은 간단했다.

만근팔괘진은 그도 위험하게 하지만, 한빈도 위험하게 만든다.

세상의 무게는 그들의 무공을 억누른다.

백의 무공을 가지고 있는 자를 십으로 만들며, 백오십의 무공을 가지고 있는 자를 십오로 만든다.

다만, 진법 밖에서 안쪽을 공격하지는 못한다.

진법 안에 있는 고수끼리 승부를 봐야 한다.

한빈이 여기서 얻을 수 있는 이익은 한 가지였다.

오십(五十)이라는 격차가 단 오(五)라는 차이로 줄어든다는 점이다.

물론 만근팔괘진으로 유인할 일이 없다면 더 좋다.

그때 복면 고수가 다시 입을 열었다.

"시간을 끄는군. 다 속셈이 있겠지?"

그의 말은 사실이었다.

제갈공려가 만근팔괘진을 만드는 데까지 아마도 일각은 걸릴 것이 분명했다.

　그때까지는 잠시 승부를 미루는 것이 맞았다.

　한빈이 아무렇지 않게 답했다.

　"속셈은 누구나 있지. 안 그런가? 노인장."

　"노인장이라? 참 정겨운 호칭이군."

　"정겹다고 하니 고마워. 그런데 그 가면은 좀 벗지. 답답하지 않은가?"

　한빈은 그의 가면을 가리켰다.

　그는 토끼 가면을 쓰고 있었다.

　그냥 귀여운 토끼가 아니라 조각났다가 다시 이어 붙인 듯한 기괴한 모습의 토끼였다.

　"나이가 들면 찬바람을 조심해야 한다고 하네. 그러니 자네도 조심하게."

　"나는 아직 걱정할 나이가 아닌 것 같은데."

　"내 앞에서 나이를 속이는군. 반로환동을 했다고 해도 세월이 쓸고 간 흔적은 내공에 남아 있는 법이네만은……. 크허헐."

　한빈은 눈을 가늘게 떴다.

　아무래도 상대가 단단히 착각하고 있음이 분명했다.

　한빈이 아무렇지 않게 손을 내저었다

　"헛소리. 일단 가면은 벗지. 복면 위에다가 토끼 가면까지 쓴 모습이 그리 유쾌하지 않아서 하는 말이야. 아마도 밥 먹기 전이라면 절대 보지 말아야 할 정도야."

"이놈!"

복면 고수의 목소리가 처음으로 떨렸다.

그의 기세는 다시 달라졌다.

한빈이 그를 자극하는 것은 시간을 끌기 위해서만은 아니었다.

그가 숨기고 있는 진짜 경지를 살피기 위함이었다.

살짝이나마 드러낸 그의 기세는 심상치 않았다.

한빈의 표정이 바뀌었다.

승부에 대한 계획을 다시 수정해야 했다.

조금 전까지는 분명 무림삼존과 같은 경지를 이루는 무인이라고 생각했다.

그러나 지금 보인 기세를 보면 그 윗줄일 수도 있다는 생각이 들었다.

그가 기세를 드러내자 입구 쪽에는 유생들이 보이지 않았다.

기세를 견뎌 내지 않고 자리를 피한 것이다.

뒤쪽에는 효명 공주가 이를 악물고 자리에 남아 있었다.

한빈은 효명 공주의 태도가 이해되지 않았다.

신선 오라버니는 누구고?

왜 목숨을 걸고 여기에 남는다는 말인가?

그때였다.

소군이 바로 앞으로 튀어나왔다.

그녀는 한빈이 말릴 틈도 없이 토끼 가면을 향해 외쳤다.

"내 목숨을 거둬라, 악적아! 그리고 그만 사라져!"

소군의 외침에 모두가 입을 벌렸다.

멀리서 몰래 진법을 설치하던 제갈공려마저도 손을 멈출 정도였다.

뒤쪽에 있던 장유중과 장혜화는 서로를 바라봤다.

장혜화가 작은 목소리로 물었다.

"오라버니, 소군이 신분은 뭐예요?"

"팽 유생의 시녀 겸 호위로 등록되었다만은……."

"그런데 왜 자신의 목숨을 가져가라고 하는 거예요?"

"충성심이 강한 모양이구나."

"팽 유생이 인복이 있네요."

"그럴 만한 행동을 하니 저리 따르는 것이 아니겠냐?"

장유중은 한빈을 보며 고개를 끄덕였다.

물론 장혜화도 동의한다는 표정으로 작게 웃었다.

그때 효명 공주가 말했다.

"신선 오라버니니까요."

"신선 오라버니요? 그러니까 저기 팽 유생이 신선 오라버니라는 거예요? 공주 마마."

장혜화가 놀라 묻자 효명 공주가 고개를 돌렸다.

말하기 싫다는 모습이었다.

그때 토끼 가면이 웃었다.

"크허헐, 마치 경극을 보는 것 같구나. 네년이 누구기에 목을 내놓겠다는 것이냐? 말할 시간도 아깝지만, 나를 웃겼으니 상을 주마."

순간 토끼 가면의 손에서 은빛 광채가 나왔다.

그 은빛 광채는 파공성을 내며 날아왔다.

슈웅!

눈 깜짝할 사이에 소군의 심장을 향해 날아오는 은빛 광채.

화살보다 더 빠른 광채를 소군이 피할 수는 없었다.

그때였다.

귀청을 찢는 굉음이 소군의 앞에서 울려 퍼졌다.

까아앙!

마치 거대한 망치로 쇠를 내려치는 듯한 굉음.

눈앞에 번쩍이는 섬광은 덤이었다.

순간 광채가 하늘 위로 치솟는다.

소군은 석상이 되어 앞을 바라봤다.

자신의 앞에는 월아가 검신을 뽐내고 있었다.

소군은 그제야 어찌 된 상황인지를 알 수 있었다.

토끼 가면이 암기를 자신에게 쏘아 냈고, 한빈이 그것을 검 면으로 튕겨 낸 것이다.

암기와 월아의 검신이 부딪히며 섬광을 만들어 냈고 말이다.

그럼 그 암기는 어디에 있을까?

소군은 고개를 들었다.

달빛에 작은 은빛 점 하나가 보이더니 점점 내려온다.

한빈이 튕겨 낸 암기가 분명했다.

가속도가 붙은 암기가 소군의 머리 위로 떨어지려 할 때였다.

한빈이 아무렇지 않게 낚아챘다.

탁.

소군이 외쳤다.

"공자님, 그건……!"

"은전이지."

한빈이 씩 웃으며 손을 펴 보였다.

손바닥에는 은전 하나가 빛을 내고 있었다.

어깨를 으쓱한 한빈이 은전을 소군에게 건넸다.

"저 노인장이 건네는 용돈이다. 잘 챙겨라."

"저는 필요 없어요. 그냥 공자님이 돌려주세요."

소군이 은전을 내밀었다.

한빈은 은전을 받아서 상대 쪽에 날리려고 초식을 떠올렸다.

손을 뻗던 한빈은 동작을 멈췄다.

은전의 모양이 이상했기 때문이다.

은전이라고 다 같은 은전이 아니었다.

화폐는 시대에 따라 변하기 마련이었다.

은전에 새겨진 문양은 적어도 백 년은 지나 보인다.

한빈은 은전을 품에 넣었다.

그때 토끼 가면이 외쳤다.

"언제까지 모른 척할 테냐? 내가 찾는 것은 적룡 너 하나의 목숨이면 족하다!"

"적룡?"

"세간에서 적룡대협이라 불리는 네놈의 목숨 말이다."

말을 마친 토끼 가면이 훌쩍 뛰어 앞으로 나왔다.

한빈도 월아를 들고 앞으로 한 걸음 나갔다.

"지금 나보고 적룡대협이라 말하는 건가?"

"아닌가?"

"대의를 알고 강호를 위해서라면 목숨을 초개처럼 버릴 수 있다는 점에서는 같지만……. 내가 적룡이라고?"

"그럼 아닌가? 피에 물든 붉은 무복은 세인들이 말하는 것과 똑같지."

그 모습에 한빈이 피식 웃었다.

어찌 된 일인지는 모르지만, 적룡대협의 정체를 아는 것이 아니라 착각하는 것 같았다.

어떻게 해서 이곳에 오게 된 것인지는 모르지만, 고마운 것은 사실이었다.

어떤 상황이 와도 토끼 가면의 옆구리에서 번쩍이는 구결은 자신의 것이 될 테니까.

그때 멀리서 제갈공려가 손짓했다.

만근팔쾌진이 완성되었다는 신호였다.

한빈은 나지막한 목소리로 외쳤다.

"제가 열까지 세겠습니다! 비동으로 들어가지 않는 사람의 목숨은 책임지지 않습니다!"

"……."

뒤에서는 아무 말도 없었다.

한빈은 숫자를 세기 시작했다.

"하나, 둘……."

열이 되자 한빈은 몸을 날렸다.

'일촉즉발.'

한빈의 몸이 화살처럼 토끼 가면에게 날아갔다.

토끼 가면은 은은한 미소를 피워 내는 것 같았다.

물론 느낌이었다.

가면 속 표정까지 볼 수는 없으니까.

한빈이 노리는 것은 그의 심장.

점점 가까워지는 둘의 간격.

토끼 가면이 슬쩍 좌측으로 돌며 한빈의 검을 흘려 냈다.

그러고는 눈 깜짝할 사이에 검을 돌리더니 한빈의 머리를 내리쳤다.

그때였다.

한빈의 검이 방향을 바꾸어 다시 그의 심장을 노렸다.

한빈의 머리를 내려치려던 토끼 가면이 뒤쪽으로 물러섰다.

한빈도 마찬가지로 뒤쪽으로 물러섰다.

펄쩍 뛴 한빈은 만월경의 가운데에 올라섰다.

그러고는 재빨리 단검 만월을 빼냈다.

순간 저 멀리서는 비동의 문이 닫혔다.

토끼 가면은 뒤쪽 상황을 신경 쓰지 않는 듯했다.

왼손에는 만월.

오른손에는 월아를 든 한빈이 상대를 조심스럽게 탐색했다.

상대가 경지를 감추고 있다는 생각이 들어서였다.

그 증거가 바로 용린검법에 나타난 글귀였다.

[무공의 격차가 너무 큽니다. 용린검법의 초식을 사용할 수 없습니다.]

사실 한빈은 그와 첫 합에서 성동격서를 사용했다.

성동격서는 상대의 무공이 높다면 이 할의 확률로 공격을 성공시킬 수 있는 무공이었다.

그런데 이런 글귀가 나온다는 것은 기본적인 격차에서 벗어났다는 것이었다.

물론 한빈은 미소를 잃지 않았다.

그것은 다음 글귀 때문이었다.

[상대가 강하면 얻을 수 있는 구결도 많아집니다.]

즉 황금빛 점 하나에 하나의 구결이 아닌 그 이상을 얻을 수도 있다는 말이었다.

한빈은 재빨리 용린검법의 초식을 떠올렸다.

상대의 경지와 무관하게 펼칠 수 있는 초식을 이용해야 했다.

'부창부수.'

순간 단검 만월과 월아가 검명을 토해 냈다.

우우웅!

한빈이 토끼 가면을 향해서 천천히 걸어갔다.

이제 기세를 숨길 필요 없다는 듯 한빈은 기세를 피워 냈다.

그 모습에 토끼 가면이 말했다.

"재미있구나, 적룡."

"그런데 왜 날 적룡이라고 생각하지? 그냥 추측인가?"

진심이 담긴 질문이었다.

이전에도 같은 질문을 던졌었다.

하지만 상대의 입에서는 한빈이 만족할 만한 대답은 나오지 않았었다.

자신을 적룡대협이라고 생각한다면 앞에 이루어졌던 음양쌍마와 마원의 대결은 못 봤다는 이야기였다.

그렇다면 언제부터 자신을 보고 있었을까?

거기에 따라 대처가 달라진다.

그때 토끼 가면이 입을 열었다.

"그 기세와 그 꼴을 한 무림인이 너 말고 있다고 생각하느냐? 중요한 건 그게 아니지. 내가 널 적룡이라 하면 너는 적룡이어야 하는 것이다."

"재미있는 노인장이군."

"내가 죽으라 하면 너는 죽어야 하고……. 문답무용."

"그냥 강자가 살아남는 것으로 하지."

한빈은 월아를 앞으로 내밀었다.

그때였다.

눈 깜짝할 사이에 토끼 가면이 한빈의 앞에 나타났다.

한빈이 재빨리 앞으로 월아를 뻗었다.

아무렇지 않게 월아를 쳐 내는 토끼 가면.

한빈은 눈을 가늘게 떴다.

토끼 가면이 한 손을 뒷짐 지고 있었기 때문이다.

왼손도 아닌 오른손을 뒤쪽으로 숨기고 있었다.

방금 월아를 튕겨 냈던 수법은 왼손을 사용한 것이 분명했다.

좌수검법에 특화된 무인이라?

한빈은 고개를 저었다.

아마 여유를 보여 주기 위해서 실력을 숨기는 것이 분명했다.

한빈은 왼손에 든 월아로는 오호단문검의 초식을 펼쳤다.

그리고 오른손으로는 성동격서를 이어 나갔다.

챙, 챙.

역시 성동격서는 그에게 통하지 않았다.

거기에 좌수만을 이용한 검은 한빈이 현생에서 본 가장 빠른 검이었다.

챙, 챙.

한빈은 미간을 좁혔다.

자신의 검에 상대가 속도를 맞춰 주고 있다는 느낌이 들어서였다.

상대는 한빈의 밑천을 보고 싶다는 듯 눈에 보이지 않은 정도로 조금씩 속도를 높여 나갔다.

사실 한빈도 실력을 숨기며 상대의 밑천을 가늠하고 있었다.

하지만 검을 몇 번 마주해 본 결과.

그는 호락호락 밑천을 보일 자가 아니었다.

문제는 그가 밑천을 드러내는 순간 한빈의 목이 땅에 떨어질 수 있다는 것이다.

한빈에게 필요한 것은 상대가 예측할 수 없는 초식이었다.

상대의 상상을 뛰어넘는 힘을 한 번에 쏟아 낸다면?

아마도 상대는 그에 대한 대비를 못 할 가능성이 컸다.

한빈은 재빨리 초식을 떠올렸다.

'천라신선보.'

이것은 지선 위상호에게 얻은 초식이었다.

무려 백 년의 내공을 필요로 하는 극의.

거기에 더해 신체에도 무리를 준다.

이 때문에 회복의 구결 없이는 사용이 불가능한 초식이었다.

그 후 한빈은 실전에서 이 초식을 사용하지 않았다.

다만, 가끔 수련만 했을 뿐이다.

필요 내공 백 년이면, 본신 내공과 지금 남은 심화편의 구결을 모두 쏟아부어야 가능한 숫자였다.

한빈이 천라신선보를 사용하기로 결심한 이유는 눈앞에 보이는 글귀 때문이었다.

'무공의 격차가 너무 난다고?'

이 글귀가 눈앞에 보인 것은 용린을 자신의 것으로 만들고 나서 처음이었다.

물론 그 뒤에 나온 문구에 살짝 설레기도 했다.

위험이 크면 얻는 이익도 많을 수밖에 없다는 옛 성현의 말씀도 있지 않은가?

순간 한빈의 몸속에 용린의 기운이 재배치된다.

질풍처럼 몰아치던 용린의 기운이 균형을 잡았다.

멀리 뛰기 위해 움츠러든 개구리처럼 용린의 기운은 자취를 감췄다.

모든 것이 자연스러웠다.

한빈은 최근에야 천라신선보의 극의를 약 칠 성 정도 깨달았다.

덕분에 예전보다 한 걸음 정도를 더 걸어갈 수 있었다.

지선과 대결할 때보다 한 단계 더 발전한 것이다.

그렇다면?

최소한 상대에게 구결을 얻을 수 있을 터.

한빈은 초식 하나를 더 떠올렸다.

'전광석화.'

가장 기본적인 초식이면서도 천라신선보의 효과를 더해 줄 수 있는 초식이었다.

한빈은 천천히 그를 향해 나아갔다.

월아가 달빛을 받아 춤추기 시작했다.

월아가 춤을 추는 무희라면, 단검 만월은 무희의 그림자와도 같았다.

그만큼 은밀하게 움직였다.

백 년의 공력이 모두 소진되자 단전은 허무할 정도로 텅

비었다.

줄어든 내공만큼 이상하게 몸은 가벼워졌다.

전에도 느낀 것이지만, 망망대해에 떠 있는 돛단배처럼 자신의 존재감은 느껴지지 않았다.

토끼 가면도 놀란 듯 눈을 크게 뜨며 월아를 막았다.

챙, 챙.

연달아 병장기 부딪치는 소리가 울렸다.

한 번은 월아였고 다른 한 번은 만월을 막아 낸 소리였다.

그때였다.

한빈이 한 걸음 나아갔다.

그 한 걸음은 신선의 걸음.

한 걸음마다 변화가 있었다.

눈에 띌 정도로 한빈의 검은 속도를 더해 나갔다.

한빈은 지금 펼치는 천라신선보에 모든 것을 걸어 보기로 했다.

자신의 한계는 네 걸음.

한빈은 그 안에 결판이 날 것이라 확신했다.

챙. 챙. 챙.

소리가 연달아 울린다.

앞의 소리가 징을 울리는 소리라면 이번 소리는 칠현금을 튕기는 소리와 비슷했다.

그만큼 빨라졌다는 말이었다.

이제 두 걸음.

한빈의 월아와 토끼 가면의 검이 자취를 감추었다.

팅. 팅. 팅.

칠현금의 소리가 급박해지는 것만 같았다.

절정을 향해 나아가는 곡처럼 두 고수는 밤하늘을 배경으로 급박한 연주를 펼쳤다.

한빈이 한 걸음 더 나아갔다.

천라신선보의 일곱 걸음 중 세 걸음.

토끼 가면이 변화를 보였다.

뒷짐 지었던 오른손을 빼서 자신의 검을 잡았다.

팅. 팅. 팅.

마치 검이 부딪치는 것이 아니라 스치는 듯한 소리가 들린다.

한빈은 눈을 가늘게 떴다.

무공의 격차가 너무 높다는 말이 지금은 실감 났다.

한빈은 네 걸음 안에 승부를 끝낸다는 생각을 바꿔야 했다.

일단 한빈은 상대를 인정하고 다음 계획을 실천하기로 했다.

사실 무인으로서의 고집 같은 것은 애초에 없었다.

자신의 목숨은 보전하고 구결을 얻으면 장땡인 승부였다.

한빈은 재빨리 다음 걸음을 걸었다.

천라신선보의 네 번째 걸음이었다.

순간 토끼 가면의 눈이 커졌다.

한빈이 내딛는 한 걸음의 폭이 너무 컸기 때문이다.

한빈은 단 한 걸음에 멀리 있는 대나무 숲으로 도망갔다.

토끼 가면은 조금 전까지만 해도 희열에 어깨를 부르르 떨었었다.

자신이 적수라 생각한 무인을 처음 만난 것이었다.

자신에게 양손을 쓰게 만든 무인은 상대가 처음이었다.

심장이 터질 것같이 흥분하던 그 순간, 상대가 꽁무니를 뺀 것이다.

순간 토끼 가면의 눈은 분노로 타올랐다.

"이놈이 대체!"

그때였다.

멀리서 귀에 익은 목소리가 들려왔다.

"노인장, 이쪽으로 오쇼. 보는 눈이 많아 내 실력을 모두 보일 수 없어서 그러니, 노인장이 양해해 주시오."

토끼 가면의 눈에 다시 희망의 빛이 감돌았다.

그는 한걸음에 대나무 숲으로 달려들었다.

대나무 숲에 들어간 토끼 가면은 눈을 가늘게 떴다.

이곳에 와서 처음으로 당황한 것이다.

토끼 가면이 주변을 둘러보며 말했다.

"앞이 안 보일 정도의 대나무라면 진법이 분명하군. 거기에 만근의 무게라면 만근팔괘진이 확실하군."

자신이 대나무 숲에 들어온 것은 맞았다.

하지만 움직일 수 없을 정도로 빽빽한 대나무 숲이었다.

분명히 들어올 때는 불편함이 없었는데 어느 순간 온몸을 대나무가 감싸고 있었다.

그때 건너편에서 목소리가 들려왔다.

"역시 노인장의 안목은 대단하시오."

"어깨를 짓누르는 무게와 눈앞에 빽빽한 대나무가 보이는데 어찌 모르겠나?"

토끼 가면이 눈을 가늘게 떴다.

대나무 사이로 상대의 모습이 어렴풋이 보였다.

몇 걸음 떨어지지 않은 곳에 상대가 있다는 말이었다.

그때 상대가 말을 이었다.

"어차피 나도 같은 상황이니 편하게 겨뤄 봅시다."

"그럼 덤벼라."

"내가 거동이 불편해서 그러니 노인장이 들어오시오."

상대가 도발하듯 손을 까닥인다.

순간 토끼 가면이 눈웃음을 피워 내며 검을 들었다.

회리릭.

검을 돌리자 토끼 가면 앞의 대나무가 사라진다.

사사—삭.

마치 낫에 갈대가 깎여 나가는 것만 같았다.

그 통로를 통해 토끼 가면이 짓쳐 들었다.

팡!

한빈이 상대를 도발한 이유는 간단했다.

한빈은 아직도 천라신선보를 펼치는 중이었다.

한빈의 한계는 네 걸음.

네 걸음을 모두 소진했기에, 한빈이 그쪽으로 갈 수는 없었다.

한빈은 기다렸다는 듯 월아를 들었다.

만근팔괘진의 효용은 대단했다.

진법의 효과로 한빈과 상대의 속도는 십 분의 일만큼 느려졌다.

만약 밖에서 진법 안쪽을 볼 수 있다면 이제는 둘의 대결을 정확하게 볼 수 있을 터였다.

그 정도로 움직임은 느려졌다.

하지만 만근팔괘진에서는 모두가 느려지기 마련.

천라신선보의 네 번째 걸음을 쓴 한빈은 이제 상대와 속도가 비슷해졌다.

순간 한빈의 시야에 상대의 눈썹에 맺힌 땀방울이 들어왔다.

상대도 이제는 힘을 쥐어짜 내고 있는 것이다.

그때였다.

한빈이 일도양단의 기세로 적의 정수리를 내려쳤다.

상대가 한빈의 월아를 튕겨 낸다.

챙!

동시에 한빈의 월아가 토끼 가면의 옆구리를 찔러 들어갔다.

이것은 하북팽가의 오호단문도를 개량한 수법.

즉, 한빈만이 쓰는 오호단문검의 초식이었다.

월아라는 거대한 용이 앞을 가리고 그 그림자 아래 새끼 호랑이가 발톱을 드러내는 듯한 공격.

순간 한빈은 눈을 가늘게 떴다.

만월이 토끼 가면의 옆구리에 박혔기 때문이다.

한빈의 눈앞에 글귀가 나타났다.

[용안으로 구결을 확인합니다.]

[천급 구결 적(適)을 획득하셨습니다.]

하지만 한빈은 다음 글귀를 읽지 못했다.

상대의 기세가 다시 변했기 때문이다.

용암처럼 들끓던 기세가 솜이불처럼 부드럽게 바뀌었다.

한빈은 재빨리 뒤쪽으로 물러났다.

이것은 본능이 내린 신호였다.

한빈은 토끼 가면의 눈을 바라봤다.

아무 일도 없었다는 듯 그의 눈빛은 잔잔하기만 했다.

이제는 땀방울도 보이지 않았다.

그가 아무렇지 않게 말했다.

"빼!"

"……."

한빈이 답하지 않자 괴인이 자신의 옆구리를 가리켰다.

토끼 가면의 옆구리에 박힌 단검을 빼라는 뜻 같았다.

한빈은 상대가 자신과 많이 닮아 있다는 것을 깨달았다.

상대도 타고난 투견임이 분명했다.

한빈은 섣불리 다가가지 않았다.

격장지계에 넘어갈 한빈이 아니었다.

한빈은 검을 앞으로 내뻗어 경계하며 용린검법의 심화편을 확인했다.

[심화편]

[복(復) : 사십(四十)]

[……]

[복(復) : 삼십구(三十九)]

구결이 눈 깜짝할 사이에 바닥을 보이고 있었다.

저 구결이 다 소진되면 한빈의 단전은 견디지 못하고 깨진 호리병이 될 가능성도 있었다.

한빈은 시선을 돌려 지(智)의 구결을 확인했다.

아직 지의 구결은 소진되지 않고 있었다.

순간 한빈이 눈을 빛냈다.

이 싸움에서 최적화된 결과를 만들어 내기 위해서는 머리를 써야 할 것 같았다.

머리를 써서 최선의 결과를 만들 수 있을 만큼 충분한 지의 구결을 모았다.

한빈이 깊은 생각에 잠기자, 지의 구결도 실시간으로 줄어들기 시작했다.

한빈의 머릿속에는 수십 가지의 상황이 스쳐 지나가고 있었다.

'만약 이러면 어떨까?'라는 가정 아래 토끼 가면과의 가상 전투를 그려 보고 있었다.

대결뿐만 아니라 앞으로의 상황까지 머릿속에 그리고 있었다.

한빈은 눈 깜짝할 사이에 수백 가지의 갈림길에 대한 분석을 끝마쳤다.

한빈이 눈을 떴다.

그 눈빛은 등선을 앞둔 신선처럼 허허롭기만 했다.

드디어 최선의 선택을 찾아냈다.

강태공이 된 한빈

미소를 피워 낸 한빈이 시선을 돌려 허공을 바라봤다.

그곳에 새로운 문구가 나타났다.

[천급 초식 유유자적(悠悠自適)을 획득하셨습니다. 은신술과 귀식대법의 최고 단계입니다. 어떤 고수도 당신의 기척 혹은 숨결을 알아채지 못합니다. 유유자적의 지속 시간은 한 시진입니다. 유유자적은 열두 시진에 한 번 펼칠 수 있습니다.]

만약 최선의 선택을 찾지 못한 상황이라면 실망했을 초식이었다.

상대방의 목줄을 꺾어 놓을 수 있는 한 수가 유유자적에는 존재하지 않았다.

하지만 이 초식은 한빈이 떠올린 최선의 계획을 실행할 조각 중 하나가 될 터였다.

한빈의 변화무쌍한 표정에 토끼 가면이 웃었다.

"크허헐. 이제 마지막을 준비하거라."

"그래, 노인장! 쿨럭."

한빈이 기침하자 입술 사이로 선혈이 흘러내렸다.

그만큼 천라신선보의 네 걸음은 내부를 진탕시켰다.

그 모습에 토끼 가면이 말했다.

"무리했구나. 그냥 운명을 받아들였으면 편했을 것을…….세상 모든 약자는 너처럼 마지막까지 발버둥 친단다. 간만에 보는 발버둥이 즐겁구나."

"약자라고? 거기에 발버둥?"

한빈이 고개를 갸웃하자, 토끼 가면의 복면이 살짝 흔들린다.

비웃고 있는 것이 분명했다.

"크허헐. 호랑이에 물린 노루가 한 줄기의 희망을 안고 몸부림치는 것도 그렇고 그물에 걸린 물고기가 팔딱팔딱 뛰는 것도 그렇고……."

"혹시 노인장이 어부라고 생각하는 거야?"

"……."

토끼 가면이 고개를 갸웃하자 한빈이 말을 이었다.

"가끔 어떤 물고기는 자기가 어부인 줄 착각하더라고. 어차피 인간으로 태어났으면 세상이란 그물에 갇힌 똑같은 물고기 아닌가?"

말을 마친 한빈은 재빨리 품속에서 환약 하나를 꺼내 입속에 털어 넣었다.

그 모습에 토끼 가면이 웃었다.

"기사회생의 단약이라도 되는가 보구나. 그래도 나는 어부고 너는 물고기라는 사실은 변함없다."

한빈은 말없이 상대를 바라봤다.

토끼 가면은 아직도 옆구리에 만월이 꽂힌 그대로였다.

오만함이 하늘을 찌르고 있었다.

마치 오만함이라는 호신강기로 온몸을 두르고 있는 모습이었다.

사실 오만함을 넘어서 만용이라 봐도 되었다.

만용이 아니라면?

고도의 심리전일 수도 있다.

상대가 꽂아 넣은 단검을 옆구리에 꽂은 채 대결을 이어 나간다면?

거기에 아무런 타격도 받지 않았다면?

아마도 상대는 계란으로 바위 치기라는 생각을 할 것이다.

그 결과, 대결을 포기하고 순순히 자신의 목을 내놓을 자도 있을 것이다.

무림 초출이라면, 이런 심리전에 당할 가능성이 컸다.

토끼 가면은 그런 이유로 만월을 옆구리에서 빼지 않았을 수도 있었다.

그게 사실이라 할지라도 한빈은 상대의 의도에 말려들 만큼 바보는 아니었다.

한빈은 상대의 의도를 계속 의심하고 있으니 말이다.

물론 상대의 실력은 인정할 수밖에 없었다.

이 정도로 자신을 궁지에 몰아넣은 자는 처음이니까.

한빈은 품속에서 다시 대나무 통 하나를 꺼내 공중으로 던졌다.

휙!

보름달을 향해 날아갈 것만 같던 대나무 통이 적절한 높이에서 터졌다.

펑!

하늘 위에 푸른색과 붉은색의 불꽃이 포물선을 그리며 떨어져 내린다.

그 모습에 토끼 가면이 말했다.

"지금 네 행동을 발버둥이라 하는 것이다."

"간다."

한빈은 희미한 미소와 함께 천라신선보의 다섯 걸음을 걸었다.

처음 걸어 보는 다섯 번째 걸음이었다.

위위잉.

월아가 깨질 듯이 비명을 지른다.

한빈도 마찬가지지만, 월아도 다섯 걸음의 무게를 받는 것은 처음이기 때문이다.

다섯 걸음째가 되자 한빈의 속도가 더 빨라졌다.

토끼 가면도 한 발 앞으로 나온다.

챙, 챙, 챙!

검이 스치는 소리가 연달아 들린다.

한빈과 토끼 가면 사이에 연신 불꽃이 튄다.

둘의 격돌이 만들어 내는 자그마한 불꽃은 마치 수백 마리의 반딧불이 날아다니는 듯했다.

챙, 챙.

끝없이 울려 퍼지는 병장기 부딪치는 소리와 충격파.

그들의 격돌은 그들만의 공간을 만들어 냈다.

둘이 휘두르는 검의 속도가 대기의 흐름까지 바꿔 놓은 것이다.

대나무 잎이 그들 주변을 감싸더니 녹색의 구체를 만들어 냈다.

순간 주변에 울리는 기묘한 소리.

쩌-정!

한빈은 눈을 가늘게 떴다.

이것은 진법이 깨지는 소리였다.

진법이 깨지면 불리한 것은 누구일까?

현재 상황으로는 누가 불리하다고 할 수 없었다.

한빈과 토끼 가면이 동수를 이루고 있기 때문이었다.

물론 시간이 가면 갈수록 불리한 것은 한빈이었다.

[심화편]
[복(復) : 이십(二十)]
[……]
[복(復) : 십구(十九)]

지금도 끝없이 회복을 담당하는 구결이 떨어지고 있으니 말이다.

이게 끝까지 간다면?

한빈의 오장육부는 천라신선보의 다섯 걸음을 버티지 못하고 찢겨 나갈 것이었다.

천라신선보로 이제는 동수를 이루었다면 용린검법을 쓸 수 있을 정도로 무공의 격차를 좁혔다는 뜻이다.

한빈은 재빨리 초식을 떠올렸다.

'자승자박!'

한빈은 미소와 함께 검의 속도를 높였다.

이제 더는 '무공의 격차' 같은 문구가 눈앞에 뜨지 않았다.

토끼 가면의 검이 더욱 빨라졌다.

그도 마음이 급하다는 뜻이었다.

검을 쓰는 토끼 가면의 손이 미묘하게 떨렸다.

자승자박으로 타격을 받은 것이 분명했다.

자승자박(自繩自縛)은 이화접목의 수법.

자신이 펼친 공격의 일부를 돌려받게 된다.

동수를 이룰 경우 토끼 가면은 오 할의 타격을 입는다.

그가 한빈보다 더 무공의 경지가 높다고 해도 최소 이 할의 타격을 입는다는 것이다.

한빈은 미소를 피워 냈다.

가면 속에서 일그러진 상대의 얼굴이 예상되었기 때문이다.

하지만 한빈은 토끼 가면이 밑천을 드러냈다고 생각하지는 않았다.

한빈은 토끼 가면의 밑천을 확인하고 싶었다.

그것을 위해서 한빈은 시간이 흐르기를 기다리고 있었다.

그때였다.

진법의 바깥쪽에서 굉음이 들려왔다.

쿠아앙!

동시에 미세하게 느껴지는 진동.

쿠룽.

진동은 점점 커졌다. 만물이 좌우로 움직인다.

이어서 거대한 열기가 한빈과 토끼 가면을 감쌌다.

열기가 지나가며 둘이 만들어 낸 공간을 잡아먹기 시작했다.

트트득.

툭.

공간을 감쌌던 대나무 잎이 타는 소리였다.

점점 침범하는 열기.

토끼 가면이 다급하게 진기를 끌어올렸다.

한빈은 그 상태 그대로 월아로 상대를 공략했다.

챙, 챙.

그는 뒤쪽에서 밀려오는 열기를 방어하기 위해 호신강기의 범위를 넓혔다.

하지만 한빈은 열기에 아랑곳하지 않고 검에만 집중했다.

"네놈!"

"소위 말해서 동귀어진이라고 하지."

"네놈이 진정!"

토끼 가면은 진심으로 흥분했다.

이 정도의 열기라면 고수라 해도 녹을 수밖에 없었다.

자연의 섭리를 거스르는 고수는 없으니 말이다.

불꽃을 일으키고.

상대방을 얼리고.

허공에 꼿꼿이 서는 천외천의 무공들이라 해도 자연의 섭리를 거스르는 무공은 아니었다.

자연의 섭리를 이용하든가 아니면 그 힘을 늦출 뿐이었다.

그런데 한빈은 열기에 자신의 몸이 녹아내려도 괜찮다는 듯 검에만 집중했다.

토끼 가면은 뒤쪽에서 들이닥친 열기와 앞쪽에서 이를 드러낸 적의 검을 동시에 상대해야 하는 상황이었다.

토끼 가면의 눈빛이 잠시 흔들렸다.

그러더니 그의 눈에서 갑자기 광채가 흘러나왔다.

한계라는 빗장을 푼 것처럼 그는 끊임없이 내공을 뿜어냈다.

드디어 그가 밑천을 드러낸 것이다.

열기를 막으면서 검에는 무한의 진기를 실었다.

마지막 한 수에 모든 힘을 담았는지, 가면과 그의 무복이 바람에 흩날리듯 흔들렸다.

한빈의 검은 상대적으로 급격하게 느려졌다.

사실, 한빈이 내는 검의 속도는 그대로였다.

토끼 가면의 검에 비해서 느려졌을 뿐이었다.

[심화편]
[복(復) : 십(十)]
[······]
[복(復) : 구(九)]

이제 바닥을 보이는 회복의 구결.

한빈은 기침을 토해 냈다.

"쿨럭."

그와 동시에 한빈의 입에서 선혈이 분수처럼 앞으로 뿜어졌다.

졸지에 한빈의 피를 뒤집어쓴 토끼 가면.

그는 재빨리 허공으로 뛰어올랐다.

그가 공간에서 빠져나가자 열기가 한빈이 서 있는 공간을 휩쓸었다.

토끼 가면은 허공에서 옆구리에 박힌 단검 만월을 빼내었다.

그러고는 한빈을 향해 쏘아 냈다.

슝!

만월이 한빈의 심장을 향해 날아왔다.

한빈의 월아가 천천히 단검 만월을 쳐 내려 했다.

휙!

하지만 월아는 단검 만월의 속도를 따라잡지 못했다.

푹!

가죽을 뚫는 소리가 또렷하게 울렸다.

허공에서 토끼 가면의 목소리가 울렸다.

"네 선물은 돌려주마. 날 원망하지 말고 모자란 네 실력을 원망하거라."

말을 마친 토끼 가면이 허공을 박차고 자리를 떠났다.

⁂

그들의 대결을 보던 효명 공주는 눈을 한계까지 크게 떴다.

그녀는 지금 어떤 일이 일어났는지 감도 잡히지 않았다.

처음 그들의 대결을 보며, 효명 공주는 자신의 눈을 의심했었다.

보름달이 휘영청 떠 있어서 옆 사람의 얼굴을 볼 수 있을 정도였다.

그런데 두 고수의 신형은 보이지 않았다.

그래도 가끔씩 병장기가 만들어 내는 불꽃은 볼 수 있었다.

그들은 대나무 숲으로 들어갔다.

그 안에서 소리는 들렸지만, 승부는 전혀 볼 수 없었다.

그때 불꽃이 대나무 숲 안에서 솟아올랐다.

그 불꽃을 본 설화와 청화가 통을 대나무 숲에 쌓아 놓더니 불을 붙였다.

눈 깜짝할 사이에 거대한 폭발이 일어나고 대나무 숲은 잿더미가 되었다.

그제야 효명 공주는 한빈과 적의 모습을 볼 수 있었다.

그것도 잠시, 그녀는 경악해야 했다.

적이 쏘아 낸 단검을 맞은 한빈이 쓰러진 것.

주변이 불타고 있는 데다 보름달이 훤히 떠 있어서, 무인이 아닌 효명 공주라 할지라도 똑똑히 볼 수 있었다.

효명 공주는 무릎을 꿇었다.

털썩.

그녀는 눈앞에서 누군가가 죽는 것을 본 것이 처음이었다.

거기에 상대는 다름 아닌 신선 오라버니였다.

그녀는 몸을 가눌 수 없었다.

그때였다.

그녀의 옆으로 모두가 불타는 대나무 숲으로 뛰어갔다.

타다닥.

그때 장유중이 효명 공주를 일으켰다.

"날이 찹니다. 일단 일어나시지요."

"저, 저기 신선 오라버니가……."

"일단 저희는 자리를 피하는 것이 좋을 것 같습니다."

"아니에요. 저도 가 볼래요."

말을 마친 효명 공주는 아직 불씨가 남아 있는 대나무 숲을 향해 갔다.

대나무 숲의 중간에는 불씨의 흔적이 보이지 않았다.

딱 그곳만 녹색의 잎이 그대로 남아 있었다.

마치 화룡의 눈이 푸른빛을 내는 것 같은 착각이 들 정도였다.

문제는 그 안에 쓰러져 있는 사람이었다.

비동으로 대피한 인원을 제외하고는 모두가 한빈의 주변에 모여 있었다.

가장 먼저 다가간 것은 설화와 청화였다.

설화는 놀란 듯 한빈의 가슴에 박힌 만월을 가리켰다.

"이, 이게 대체……."

청화는 한빈의 코에 자신의 손가락을 갖다 댔다.

"공자님의 숨결이 느껴지지 않아요."

순간 주변이 술렁이기 시작했다.

장유중이 눈을 크게 떴다.

"팽 유생이 죽었단 말이냐?"

"팽 유생이 이리되다니……. 믿을 수 없군요."

장혜화도 눈물을 글썽였다.

그 모습에 청화도 고개를 가로저었다.

"모르겠어요. 공자님이 이러실 리가 없는데……."

청화는 말을 맺지 못했다.

다만, 설화만이 침착하게 한빈의 상태를 살피고 있을 뿐이었다.

그때 제갈공려가 앞으로 나왔다.

"제가 한번 보겠습니다. 모두 뒤로 잠시만 물러나 주시죠!"

제갈공려의 말에 설화와 청화가 한 걸음 뒤로 물러났다.

제갈공려는 한빈의 완맥을 잡았다.

완맥을 잡고 잠시 살피던 제갈공려가 고개를 축 늘어뜨렸다.

그 모습에 청화가 물었다.

"제갈 언니, 공자님은 어떻게 된 거예요?"

"아무래도 돌이킬 수……."

제갈공려가 말끝을 흐렸다.

모두가 고개를 숙이고 있을 때였다.

설화의 표정이 바뀌었다.

그것도 잠시, 그녀는 뭔가 결심한 듯 작게 고개를 끄덕였다.

다른 이들은 설화의 변화를 눈치채지 못했다.

상념에 잠긴 듯한 설화가 자리에서 일어났다.

그러고는 중앙에 있는 연못으로 걸어갔다.

설화는 그곳에서 뭔가를 낑낑거리며 끌고 왔다.

고개를 숙이고 있던 모두가 눈을 크게 떴다.

설화가 가져온 것은 연못, 즉 만월경에 떠 있던 조그만 배였다.

문장과 술이 든 바가지를 놓았던 바로 그 조각배.

설화는 한빈을 들어 작은 배 위에 눕혔다.

그 모습에 제갈공려가 다급히 설화의 소매를 잡았다.

"설화야, 대체……."

제갈공려는 말을 맺지 못했다.

그녀의 귀에 전음이 들려왔기 때문이었다.

한빈의 전음이 분명했다.

전음으로 목소리를 구분하기는 뭐했지만, 한빈의 말투가 분명했다.

-모른 척 설화의 말에 따라 주십시오. 제갈 누님.

게다가 누님이란 호칭을 쓸 사람은 여기에 한빈밖에 없었다.

이것은 사천당가에서부터 쓰던 사적인 호칭.

제갈공려는 사실 지금 상황이 이해가 되지 않았다.

가슴에 단검이 박힌 상황.

한빈의 오른손은 단검의 날을 잡고 있었다.

단검을 뽑아내려 마지막까지 발버둥을 친 것 같았다.

거기에 한빈의 가슴 주변에는 피가 흥건했다.

모든 정황은 한빈의 죽음을 나타내고 있었다.

아니 증거가 필요치 않았다.

완맥을 잡아도 혈맥 속에서 조금의 생기도 느낄 수 없었다.

거기에 숨도 멈춰 있었다.

이건 귀식대법으로는 불가능한 일이었다.

그랬기에 제갈공려는 한빈의 죽음을 기정사실로 받아들이고 있었다.

그런데 한빈에게 전음이 온 것이다.

제갈공려는 뛰는 가슴을 최대한 진정시키고 표정을 수습했다.

제갈세가 출신답게 현 상황을 냉철하게 계산하기 시작한 제갈공려.

그녀가 눈을 빛냈다.

제갈공려는 먼저 설화를 바라봤다.

설화가 당황하는 모습을 보면 어딘가 어색하다.

아마 설화가 가장 먼저 한빈의 전음을 받았던 것 같았다.

두 번째로 전음을 받은 것이 제갈공려, 자신이었다.

그렇다면 그 기준은 무엇일까?

제갈공려가 이유를 알겠다는 듯 눈을 빛냈다.

한빈이 전음을 보낸 기준을 알 것만 같았다.

아마도 자신이 살아 있다는 것을 숨길 수 있는 자에게만 보낸 것이 분명했다.

청화나 소군 혹은 효명이 한빈의 상태를 안다면?

아마 기쁨을 숨기지 못하고 그 자리에서 펄쩍 뛸 것이 눈에 훤했다.

그에 비하면 설화는 다른 이들과 달라 감정을 다스릴 수 있었다.

나이는 어려 보여도 강호의 연륜을 느낄 수 있었다.

그때였다.

설화가 작은 배에 매달아 놓은 밧줄을 끌기 시작했다.

스륵.

작은 배가 설화의 손에 끌려온다.

설화는 아무 표정 없이 배를 끌고 천천히 앞으로 나아갔다.

마치 장의사가 관을 끌고 가는 듯한 비장함이 묻어났다.

그 모습에 다른 이들이 눈을 크게 떴다.

먼저 나선 것은 효명 공주였다.

"지, 지금 신선 오라버니를 어디로 데려가시는 거예요?"

"언제까지고 차가운 데 계시게 할 수는 없잖아. 안 그래?"

"아."

효명 공주가 입을 벌렸다.

그녀는 상대가 자신을 하대하고 있다는 것도 잊었다.

물론 누구도 설화의 행동에 대해서 나무라지는 못했다.

한빈의 죽음보다 더 충격적인 일은 없으니까.

설화가 도착한 곳은 다름 아닌 유림 서원 내에 있는 불당이었다.

불당의 위에는 현판 하나가 고풍스러운 필체로 음각되어 있었다.

마치 신선이 쓰고 간 듯한 정갈한 필체.

정심당(正心堂).

이곳 유림 서원에는 불당뿐 아니라 도관도 있었다.

설화가 정심당으로 한빈의 시신이 담긴 작은 배를 끌고 오자, 가장 놀란 것은 효명 공주와 장유중이었다.

이곳은 효명 공주가 잠시 숨어 있던 안가가 있는 곳이었다.

유림 서원은 황궁의 인물이 제법 많이 방문하는 관계로 불당과 도관의 안쪽에 사람들의 몸을 숨길 수 있는 곳을 마련해 놓았다.

수많은 전각 중에 이곳으로 왔다는 것은 숨은 뜻이 있을 것이라고 생각했다.

장유중이 낮은 목소리로 물었다.

"불당에는 왜 온 것이지? 그것도 팽 유생의 시신을 가지고 말이다."

"우리 공자님은 평소 관음보살의 현신이라 불리셨어요. 하북 땅에서는 하북팽가의 일원으로 유명했던 것이 아니라…… 생불이란 이름으로 더 유명하셨고요. 그러니 공자님이 휴식을 취하기에 이곳 불당보다 더 적합한 곳은 없죠."

"허허, 그 하북 땅의 생불이 팽 유생이었던 말이더냐?"

"네, 그래요. 공자님은 평소에 베푸는 것을 아끼지 않으셨지만, 선행을 드러내는 데는 인색하셨죠."

말을 마친 설화의 얼굴이 살짝 달아올랐다.

그 모습에 장유중이 물었다.

"그럼 계속 여기에서……."

"공자님이 쉬시려면 조금 더 은밀한 곳이 필요할 듯싶어요, 학장님."

"은밀한 곳이라면……."

"저기요."

설화가 정심당 안에 있는 작은 불상 몇 개를 가리켰다.

작은 불상은 정확히 네 개였다.

불당의 좌측에 나란히 놓여 있는 조그마한 불상은 사천왕의 형태를 하고 있었다.

그 모습에 장유중이 한숨을 토해 냈다.

"험."

"안 되는 건가요? 제가 알고 있으면 더는 비밀이 아니잖아요. 이곳의 비밀은 청화도 알고 공자님도 알고 있어요."

"그래. 무슨 심산인지는 모르겠지만, 원하는 대로 해 주마. 이래야 팽 유생에게 진 빚을 조금이라도 갚을 것 같구나."

말을 마친 장유중이 장혜화를 바라봤다.

장혜화가 고개를 끄덕였다.

"네, 저도 도울게요."

"그래, 고맙다."

말을 마친 장유중이 사천왕의 모습을 한 작은 불상 쪽으로 걸어갔다.

그곳으로 간 장유중은 작은 불상을 잡았다.

정확히는 그 자리 그대로 불상의 위치를 돌리고 있었다.

어떤 불상은 뒤를 보게 만들고 어떤 불상은 옆을 보게 만들었다.

장유중과 장혜화는 불상을 차례대로, 동, 서, 북, 남을 바라보게 했다.

그러더니 다시 한번 불상을 움직였다.

그들이 서로 다른 방향을 보게 만들자, 그 모습을 보고 있던 제갈공려가 눈을 가늘게 떴다.

기관 장치가 분명했기 때문이다.

다만, 기관이 작동되는 그 어떤 소리도 들리지 않았다는 점이 이상했다.

장유중과 장혜화는 불상을 몇 번 더 움직인 뒤 자리로 돌아왔다.

그들의 모습에 제갈공려가 물었다.

"대체 뭘 하신 건가요? 학장님."

"역시 제갈세가는 믿음직하군."

"그게 무슨 말씀입니까?"

"이곳 정심당을 설계한 것은 바로 제갈세가의 제갈진우 선생님이시네."

"제갈진우라면……."

"백 년 전 중원제일의 천재로 불리던 분이지."

"그분은 우리 가문의 전설과도 같은 존재시죠. 진법과 기관 분야에 있어서는 아직도 그분을 따라갈 후인이 없다고 하죠. 그런데 그분이 이곳을 설계하셨다고요?"

"그렇다네. 그런데도 그분의 후인이 이곳에 대해서 모른다면 이제까지 비밀을 철저히 지키신 게지."

장유중은 은은한 미소를 지었다.

그것도 잠시, 불당 안에 놓인 작은 배를 바라보고는 천장을 올려다봤다.

담담한 척했지만, 그는 지금 요동치는 가슴을 겨우 억누르고 있었다.

사실 장유중은 한빈을 자신의 후인으로 삼으려 했다.

그를 잘만 가르친다면 이 나라의 기둥 여럿을 길러 낼 것이라고 확신했다.

유림 서원을 한빈에게 물려주려 한 것이다.

그 정도로 장유중의 눈에는 한빈이 보물로 보였었다.

그렇게 점찍어 놓은 후인이 이제는 이 세상 사람이 아니라니!

이건 마치 그동안 정리해 놓은 학문적 기반이 무너지는 것과 비슷한 충격이었다.

물론 옆에 다른 이도 있기에 내색은 하지 않았다.

최대한 감정을 내비치지 않았다.

하지만 설화가 자신의 공자가 하북의 생불이라 불린다는

이야기를 한 순간, 잘 유지되었던 감정의 둑이 무너지려 하고 있었다.

하북 땅의 생불에 관한 이야기는 장유중도 익히 들어서 알고 있었다.

마을 하나를 혼자 힘으로 살렸으며, 어떤 마을의 불상은 그의 마음에 감복하여 하북 땅을 바라보고 있다는 전설까지 전해지고 있었다.

그 불상은 물론 장운현의 와불이었다.

당시 지하에서 일어난 폭발 때문에 불상이 움직여 방향이 바뀐 것이지만, 세인들은 그것을 생불이라 불리는 의인에 불상이 반응한 것이라고 소문을 냈다.

사실 진실에 대해 알고 있는 사람은 한빈을 비롯한 몇몇밖에 없었으니, 이것은 사실로 굳어진 상태였다.

소문은 소문을 낳는 법. 그렇게 생불에 대한 전설은 이곳 유림 서원에까지 전해졌다.

생불이란 단어가 너무 강렬하기에 생불과 하북팽가의 사공자를 같은 인물로 생각하는 사람은 천수장 근처의 백성을 제외하고는 아무도 없었다.

그 전설의 생불이 바로 눈앞에 싸늘한 주검으로 있으니 충격받을 수밖에 없었다.

잠시 제갈공려의 궁금증을 해결해 준 장유중은 휘적휘적 어디론가 걸어갔다.

설화는 작은 배를 끌고 장유중의 뒤를 따랐다.

모두가 뒤를 따르는 가운데 제갈공려만이 남았다.

번뜩 정신을 차린 제갈공려는 재빨리 그들의 뒤를 따랐다.

❦

그들이 통과한 것은 불상 뒤의 벽이었다.

장유중은 그 벽을 아무렇지 않게 통과했다.

진법과 기관 장치가 절묘한 조화를 이루어 방을 숨기고 있었다.

거기에 방을 열려면 불상을 정확하게 옮겨야 하고 말이다.

그들의 뒤를 따른 제갈공려는 눈을 크게 떴다.

생각보다 이곳은 넓었다.

중요한 것은 넓을 뿐 아니라 화려하기까지 하다는 점이었다.

고가의 도자기에 족자까지.

거기에 먼지 한 톨 없는 바닥을 보면 이곳이 누군가에 의해 관리된 곳이라는 곳을 알 수 있었다.

방에 들어온 그들의 아무도 먼저 입을 열지 않았다.

제갈공려가 마른침을 삼키며 주변을 둘러봤다.

자물쇠를 채운 듯 모두의 입술에서는 새근새근 숨소리만 새어 나왔다.

어색한 침묵이 흘러갈 때 장혜화와 눈이 마주쳤다.

장혜화의 눈에는 살짝 눈물이 고여 있었다.

아무래도 한빈의 죽음에 대해서 슬퍼하는 것 같았다.

제갈공려의 입술이 꿈틀댔다.

한빈이 살아 있다는 것을 말해 줄까 해서였다.

그것도 잠시, 제갈공려는 고개를 저었다.

한빈이 자신의 상태를 숨기는 데는 그만한 이유가 있다고 생각한 것.

그때 장혜화가 놀란 목소리로 외쳤다.

"제갈 언니, 저기 보세요!"

"어딜……."

"저기요!"

말을 마친 장혜화는 정신없이 한빈이 있는 곳으로 뛰어갔다.

그 모습에 제갈공려도 같이 뛰어갔다.

다소 흥분한 장혜화의 모습은 모두의 시선을 사로잡을 만했다.

효명 공주와 장유중도 그녀의 뒤를 쫓았다.

장혜화가 가리킨 곳은 한빈의 손이었다.

한빈은 한쪽 손은 심장에 박힌 단검을 잡고 있었으며 한 손은 축 늘어뜨리고 있었다.

장혜화는 한빈이 늘어뜨리고 있는 손을 가리켰다.

"움직였어요."

"……."

"진짜로 움직였어요. 그리고 저 손 안쪽에 뭔가 있는데요?"

장혜화가 한빈을 향해 손을 내밀었다.

그때였다.

한빈의 손이 꿈틀 움직였다.

손을 내밀던 장혜화가 놀라 뒷걸음쳤다.

"어머."

장혜화가 눈을 크게 뜨고 있을 때, 한빈이 작은 숨을 뱉어냈다.

"휴우."

"어, 어떻게?"

장혜화의 동공이 사정없이 흔들릴 때 한빈이 자리에서 일어났다.

비명을 지르려던 장혜화가 자신의 입을 틀어막았다.

한빈이 입술에 검지를 대고 있었기 때문이다.

한빈은 아무 일 없다는 듯 입을 열었다.

"다행히 작전은 성공입니다."

"작전이 성공이라니 그게……."

장혜화의 눈빛이 살짝 떨렸다.

그 모습에 한빈이 어깨를 으쓱했다.

"일단 적의 시선을 돌리는 데는 성공했으니까요."

"그런데 왜 죽은 척을 했죠?"

"그럼 그냥 거기서 죽습니까?"

"네?"

"상대가 강한데 어떻게 합니까?"

"……."

장혜화는 말을 잇지 못했다.

누구보다 앞장서서 정체불명의 괴인들과 싸우던 한빈의 모습을 보았기 때문이다.

그는 진정한 무인이었다.

침을 꼴깍 삼킨 장혜화가 물었다.

"무림인은 죽음을 두려워하지 않는다고 들었는데……."

"죽고 나면 무공이 무슨 소용인가요? 일단 살고 봐야죠."

환하게 웃는 한빈의 모습에 장혜화는 조용히 천장을 올려다봤다.

그때 설화가 조심스럽게 다가왔다.

"공자님, 가슴에 꽂힌 단검은 대체 어떻게 된 거예요?"

"아, 이거……."

한빈은 피식 웃으며 손을 가슴에서 뗐다.

그러고는 설화의 앞에 만월을 보였다.

설화는 만월과 한빈의 가슴을 번갈아 봤다.

피가 번져 있긴 했지만, 한빈의 가슴에는 상처가 없었다.

한빈은 아무렇지 않게 만월에 묻은 피를 소매에 닦아 냈다.

그 모습에 설화가 물었다.

"대체 그 피는 뭐예요? 공자님."

"그건 설화 네가 더 잘 알잖아."

"그러고 보니······."

설화가 자신의 보따리를 바라보며 다시 말을 이었다.

"돼지 피 맞죠? 그럼 토끼 가면에게 피를 뿜으셨던 건······."

"그건 진짜 내 피야. 이번에는 죽을 뻔했다, 설화야."

"대체 마지막 공격을 당하고도 어떻게 상처 하나 없으신 거예요?"

"그건······."

"비밀이죠?"

"비밀은 아니고······. 찾으려던 물건을 찾았어."

"물건을 찾으셨다고요?"

설화의 눈이 커졌다.

순간 설화의 머리가 맹렬하게 돌아갔다.

비동의 향로가 넘어지고 한빈이 나타났을 때의 상황을 떠올린 것이다.

설화의 표정을 본 한빈이 조용히 고개를 끄덕였다.

한빈은 만월경과 연결된 비동에서 목표로 했던 무림 칠대기보를 찾았다.

사실 이것은 운이라고 할 수밖에 없었다.

향로가 쓰러지고 모든 조명이 꺼지자 생각지도 못한 통로가 나타난 것이다.

다른 이들에게는 낯선 어둠이지만, 한빈에게는 대낮처럼 익숙했다.

바로 구결 중 안(眼)의 효용 때문이었다.

안의 구결은 동체 시력뿐만 아니라 어둠 속에서 사물을 구별할 수 있는 이능도 안겨다 주었기 때문이다.

사물을 잘 구별하는 사람에게 흔히 '눈이 밝다'라는 표현을 쓴다.

하지만 한빈의 눈은 말 그대로 밝았다.

그 밝은 눈으로 숨겨진 통로의 여기저기를 돌아다닐 수 있었다.

만약 한빈이 아니라면?

그리고 적이 향로를 쓰러뜨리지 않았다면?

아마도 목표를 찾는 데에 시간이 걸렸을 것이다.

그렇게 해서 손에 넣은 것이 무림 칠대기보 중 하나인 천수현갑이었다.

이로써 한빈은 용린과 만월 그리고 진사쌍검에 천수현갑까지 손에 넣게 된 것이다.

비동에서 발견된 천수현갑은 거북이의 등껍질처럼 단단

했다.

이것을 어떻게 착용할지 한빈은 고민했었다.

곧 한빈은 그것이 고민거리가 안 된다는 것을 바로 알아챘다.

자신의 몸에 대니 거북이의 등껍질 같은 갑옷이 부드럽게 변했다.

한빈은 그 자리에서 천수현갑을 입었다.

재미있는 것은 천수현갑을 입자 거북이 등껍질처럼 칙칙했던 갑옷의 색이 바뀌었다는 것이다.

마치 한빈의 원래 피부처럼 살구색으로 말이다.

한빈은 이것이 왜 무림 칠대기보 중 하나로 불리는지 알 것만 같았다.

전설의 신수인 현무의 등껍질로 만들어졌다 해도 믿을 수 있었다.

천수현갑은 어떤 도검의 공격도 막아 주는 갑옷이었다.

물론 심장이 뚫리지는 않지만, 목이 달아나는 것까지 막아 주지는 못한다.

천수현갑이 막아 주는 것은 한정적이었다.

토끼 가면이 만월을 쏘아 낸 마지막 한 수가 심장으로 향했기에 망정이지, 얼굴로 날아왔다면 한빈은 연극이 아닌 실제로 죽음을 맞이해야 했을 수도 있었다.

마지막 토끼 가면이 던진 한 수는 마치 해일이 밀려들어오는 착각이 들 정도였다.

천수현갑을 입지 않았다면 한빈도 무사하지 못했을 것이 분명했다.

만월이 한빈의 가슴에 가까워지자 천수현갑은 살아 있는 생물처럼 한곳으로 몰렸다.

천수현갑은 마치 고수가 금나수를 펼치듯 만월을 받아 낸 것이다.

그 소리는 마치 가슴이 뚫리는 소리처럼 들렸다.

한빈은 만월이 가슴에서 떨어지는 것을 방지하기 위해서 잡고 있었다.

누가 봐도 단검을 빼내기 위해 노력하는 듯한 자세였다.

그 상태에서 한빈은 새로 얻은 천급 구결인 유유자적을 펼쳤다.

그야말로 완벽한 죽음이었다.

그때 청화가 다시 물었다.

"그럼 토끼 가면을 쓴 고수는 공자님이 죽은 줄 알겠네요?"

"뭐 그자가 날 보고 적룡이라 했으니, 적룡대협이 죽을 줄 알겠지."

"그럼 이제 안심해도 되는 거예요?"

"나는 적이 하나가 아닐 수도 있다고 생각했기에 이렇게 번거로운 판을 짠 거다. 이번만 해도 효명 공주를 죽이려고 온 혈교의 무리, 그리고 적룡을 노리고 온…….”

한빈이 말끝을 흐리자 청화가 다시 물었다.

“그 토끼 가면은 대체 어느 문파인가요?”

“새외 세력.”

“새외 세력이요?”

“새외 세력 중에서도 백 년 전 사라졌다는 조직.”

말을 마친 한빈은 자신의 다른 손을 청화에게 내밀었다.

한빈은 천 쪼가리 하나를 잡고 있었다.

그것은 토끼 가면의 소매에서 뜯어낸 천이었다.

청화가 고개를 갸웃하며 물었다.

“그게 뭐예요?”

“직접 확인해 보는 게 좋겠다, 청화야.”

“그럼…….”

청화는 천을 받아 들었다.

천의 재질은 비단, 색은 평범한 하얀색이었다.

본래의 하얀색이 아닌 염료를 써서 인위적으로 순백으로
물들인 것 같았다.

“눈처럼 하얀색의 옷감에……. 여기 글자가 쓰여 있네요.
백경(白鯨)?”

순간, 제갈공려가 다급하게 끼어들었다.

“백경이라고요?”

그녀가 끼어들자 청화가 찢긴 천을 건넸다.

백경이란 두 글자를 확인한 제갈공려의 눈빛이 살짝 떨렸다.

그곳도 잠시, 그녀는 한빈을 바라봤다.

"네, 맞습니다. 등선해서 신선이 되면 하늘 위로는 구름을 타고 다니고 물에서는 하얀 고래를 타고 다닌다는 전설의 문파입니다. 제가 제갈공민 군사님께 그 문파에 대한 조사를 부탁드렸었죠."

"흠."

"지난번에 주신 서신에는 그 답장이 적혀 있더군요."

"사실 저도 몰래 펴 봤어요, 팽 공자."

"그러실 줄 알았습니다. 호기심을 억누르지 못하는 제갈세가 사람들 아닌가요? 호기심은 학문의 근본이지요. 이해합니다."

"그들은 자신을 백경이라 칭했죠."

"서신에 의하면 북해빙궁에서 떨어져 나온 조직이라고 합니다. 그러니 새외 세력이라 할 수 있겠죠."

"그들이 왜?"

"지난번 만근교에서 위지약과 위지천을 데려간 게 바로 백경입니다. 아마도 암제의 뒷배가 아닐까 싶습니다. 문제는!"

한빈이 심각한 표정으로 말을 끊었다.

그 모습에 주변 사람들이 마른침을 삼켰다.

한빈은 어색한 침묵을 잠깐 방관했다.

모두가 호흡조차 멈출 정도로 긴장하고 있을 때, 한빈이 눈을 빛냈다.

"이번 일에는 백경 하나만이 아니라는 겁니다. 음양쌍마는 혈교의 일원이지요. 혈교라면 백 년 전에 사라진 조직입니다."

"일단 정의맹에 보고해야겠군요."

"그건 차후의 문제고, 일단 저는 토끼 가면의 행방을 추적해야 할 것 같습니다."

"그걸 어떻게……."

"바로 이것 덕분에 가능하지요."

한빈이 환약 하나를 내밀자 제갈공려가 고개를 갸웃했다.

"그게 뭔가요? 팽 공자."

"이건 만리추종향입니다. 저는 이걸 그놈에게 철저히 발라 놨습니다."

한빈이 씩 웃었다.

정확히는 그냥 묻힌 것이 아니라 한빈의 선혈에 섞어서 상대에게 뱉었다.

이제는 토끼 가면이 근처에 나타나면 아무리 기척을 숨긴다 해도 바로 알아챌 수가 있었다.

제갈공려가 말했다.

"방법은 묻지 않을게요. 영업 비밀이라고 할 게 분명하니까요."

"잘 아시는군요, 제갈 누님."

한빈이 씩 웃을 때였다.

멍하니 대화를 지켜보고 있던 효명 공주가 달려왔다.

몇 발짝 안 뛰었는데도 살짝 숨을 몰아쉬는 효명 공주.

그녀는 한빈을 바라보며 조용히 포권했다.

"인사드려요, 신선 오라버니. 저는 효명이라고 해요."

"지난번에 인사하지 않았습니까? 그런데 서원에는 왜 오신 겁니까?"

질책은 아니었다.

순수하게 궁금해서 물어본 것이었다.

효명이 밝게 웃었다.

"그게 미안하단……."

"미안하다고요?"

"그, 그게 아니라……."

효명은 말끝을 흐렸다.

한빈과 신선 오라버니가 같은 사람이라는 것을 알게 된 후 그녀는 뛸 듯이 기뻐했다.

덕분에 그녀는 자신이 이곳에 온 이유도 까먹고 있었다.

그녀가 이곳에 온 것은 한빈에게 사과하러 온 것이었다.

신선 오라버니라는 사람을 좋아하니 자신을 잊어 달라고 말이다.

물론 한빈이 듣는다면 미쳐 팔딱 뛸 일이었다.

한빈과 효명 공주 사이에는 어떤 관계도 없으니 말이다.

효명 공주는 혼자 북 치고 장구 치며 스스로 묘한 상황을 만들고 있을 뿐이었다.

하지만 지금 그녀는 가장 큰 위기에 처했다.

지금쯤이면 황궁에서 하북팽가로 보낸 서찰이 도착할 때.

서찰의 내용은 간단했다.

한빈에게 유림 서원의 입학을 권한 것은 인재를 아끼는 마음에서였지, 부마로 삼으려는 목적이 아니라는 변명과 같은 내용이었다.

효명은 유림 서원에 도착해 한빈이 신선 오라버니라는 것을 알게 된 후 하북팽가를 향한 서신의 존재는 아예 까먹고 있었다.

효명 공주가 자리에서 일어나 장유중에게 달려갔다.

"장유중 학장님."

"공주 마마, 말씀하십시오."

"저, 전서구가 필요해요!"

"전서구라니요? 이미 봉화를 확인했습니다. 황궁에서 병사들이 도착할 겁니다."

"그, 그게 아니라 개인적으로 전서구를 보내야 해요."

그때 한빈이 효명 공주에게 다가왔다.

"그건 안 됩니다. 상황이 정리될 때까지 외부와의 연락은 일절 금합니다."

"지, 진짜 급한 일이에요."

"그럼 직접 서원 밖으로 나가서 구하시지요."

"아."

효명 공주가 눈을 크게 떴다.

한빈은 그런 효명 공주를 뒤로한 채 조용히 앞을 바라봤다.

새로 눈앞에 뜬 문구 때문이었다.

모든 것은 계획대로 되었다.

죽음을 위장했을 때 만약 토끼 가면이 달려들었다면 한빈은 그가 방심한 틈을 타 마지막 수를 펼쳤을 것이다.

하지만 일단 그는 한빈의 예상대로 적의 죽음을 확신하고 자취를 감췄다.

한빈은 이제부터 그의 흔적을 추적할 생각이다.

목수가 대패로 나무를 깎아 내듯 적의 껍질을 한 겹 한 겹 벗겨 낼 터였다.

한빈이 제일 참지 못하는 것이 뒤통수가 근질거리는 것이었다.

적은 자신을 아는데, 자신은 적을 모른다면?

이보다 뒤통수가 근질거리는 일은 없었다.

이제는 반대의 상황에 놓이게 된 것이다.

물론 그 전에 풀어야 할 숙제가 있었다.

눈앞에 뜬 문구 때문이었다.

천급 초식 유유자적을 완성했을 때 한빈은 새로운 문구를
확인할 수 있었다.

[알 수 없는 구결을 획득하셨습니다.]
[알 수 없는 구결 : 일(一)]

이것은 아직 눈앞에 남아 있는 문구였다.
토끼 가면에게 획득한 구결은 천급 구결 적(適)만이 아니었
던 것.
더 큰 보상이 존재한다는 용린검법의 안내가 정확했다.
다만 알 수 없는 구결이라는 것을 어떻게 해석해야 할지
고민이었다.
한빈은 상념에서 깨어났다.
소군이 한빈의 소매를 잡아끌었기 때문이다.
한빈의 소매를 잡아끈 소군이 어딘가를 가리켰다.
소군이 가리킨 곳은 밀실의 구석이었다.
한빈은 조용히 그곳으로 향했다.
소군이 그곳을 가리킨 이유를 알 것 같아서였다.
은밀한 이야기를 하고 싶은 것이 분명했다.
구석으로 간 한빈은 내기를 끌어올렸다.
순간 다른 이들의 말소리가 끊겼다.
기막으로 완벽하게 공간을 분리한 것이다.

하지만 소군은 아직도 입술을 달싹이고 있었다.

그 모습에 한빈이 말했다.

"자, 이제 안심하고 말해도 좋다."

"네, 공자님. 아무래도 오늘 일은 저 때문에 일어난 느낌이 들어서요."

"왜 그렇게 생각하지?"

"저는 중원인들이 마교라 부르는 신교 사람이에요."

"그건 이미 알고 있었고."

"네?"

소군의 눈이 한계까지 커졌다.

그 모습에 한빈이 말을 이었다.

"그날 그렇게 마기를 피워 냈는데, 어찌 그걸 모를 수가 있지? 하지만 첫날을 제외하고는 네게 마기를 느끼지 못했어. 아마도 거기엔 이유가 있겠지."

"흠, 어떻게 아셨어요?"

"느낌이지."

한빈이 어깨를 으쓱하자 소군이 말을 이었다.

"중요한 건 제가 기억이 가물가물하다는 거예요. 공자님께 다 말씀드리고 싶어도 기억이 나지 않아요."

"그것도 대충 알고 있는 일이다, 소군아."

"그게 무슨 말이에요? 어떻게 알고 계셨어요?"

"네 필체 말이다. 그건 하루아침에 만들어지는 게 아니지.

아마도 너는 누군가에게 체계적인 수업을 받았을 거야. 기억이 나지 않아도 너는 천자문뿐 아니라 사서삼경까지 전부 익혔을 가능성이 크다. 무공뿐 아니라 학문까지 익힌 걸 보면 대충 신교에서의 네 신분을 짐작하는 것은 그리 어려운 일이 아니다."

"그런데 왜 저를……."

"그 이유는 간단해. 네가 갈 곳이 없기 때문이다."

"그 이유 하나만으로요?"

"그 이유 하나면 충분하다."

한빈이 사람 좋은 얼굴로 웃었다.

그 웃음에는 많은 의미가 담겨 있었다.

소군은 정마대전의 열쇠가 되는 아이였다. 이 아이의 미래에 따라서 정마대전이 아예 일어나지 않을 수도 있다고 생각했다.

소군은 고개를 푹 숙인 채 말을 이었다.

"지금 기억 하나가 떠올랐어요."

"무슨 기억이지?"

"아까 밖에서 창을 쓰던 신교인 말이에요. 저를 죽이러 온 게 아닌 것 같아요. 저를 구하러 온 것 같아요. 그런데 허무하게……."

"잔혈마창을 말하는군."

"아까 창을 쓰던 그 아저씨 맞아요. 정확히 기억나지는 않지만, 저를 구하러 온 것 같아요. 그 사람한테 물어보면 정확한 제 사정을 알 것 같아요, 공자님."

"……."

"그런데 이미 늦었겠죠. 아까 보니 이 세상 사람이 아니던데요."

"아직 늦지 않았다."

"네? 그게 무슨 말씀이에요?"

소군의 눈이 커졌다.

한빈은 아무렇지 않게 밖을 가리켰다.

"잠시 밖에 나갔다 오자."

"어디를요?"

"그냥 조용히 따라오너라."

그 말을 마지막으로 한빈은 기막을 풀었다.

그러고는 손가락을 튕겼다.

딱.

그 소리와 동시에 설화가 바람처럼 한빈의 곁에 나타났다.

"공자님, 여기 준비됐어요."

"고맙다, 설화야."

한빈이 씩 웃으며 설화가 풀어놓은 보따리를 바라봤다.

그곳에는 인피면구를 비롯한 변장 도구가 들어 있었다.

한빈은 보따리를 들고 자리에서 일어났다.

그 모습에 장유중과 제갈공려가 다가왔다.

"팽 공자, 어딜 가시는 거죠?"

"잠시 바람 좀 쐬고 오겠습니다, 제갈 누님."

"바람이라니요?"

"뭐, 사정이 생겼습니다. 제갈 누님께 부탁이 있는데 들어주실 수 있을는지요?"

"말씀하시죠, 팽 공자."

"여기 계신 분들의 안전을 좀 부탁드립니다. 이번에는 시간이 걸릴 듯해서 말입니다."

"이곳은 걱정하지 마시지요."

"황궁의 병사가 도착하기까지는 넉넉잡아 이틀입니다. 이틀 정도만 부탁드립니다."

"그러지요."

제갈공려가 고개를 끄덕이자 한빈은 장유중을 바라봤다.

그런데 그 눈빛이 심상치 않았다.

시선을 마주한 장유중이 재빨리 달려왔다.

사실 장유중도 한빈에게 할 말이 있었다.

그런데 갑작스러운 사건이 이어지자 그 말을 전하지 못한 것이다.

조금 전에는 하고 싶은 말도 못 하고 세상을 하직하는 건 아닌가 하는 생각도 들었다.

장유중이 재빨리 물었다.

"팽 유생, 무슨 일인가?"

"다름이 아니라……. 앞으로 유림 서원은 어떻게 되는 겁니까? 학장님."

"유림 서원이라……."

"이런 일이 일어났는데, 수업을 계속 진행할 수는 없는 일 아닙니까?"

한빈이 이것을 묻는 이유는 간단했다.

무려 무림 세력 세 개가 충돌한 전무후무한 사건이 일어났다.

아니 정확히 말하면, 한빈과 제갈공려가 정파의 사람이니 세 개의 무림 세력이 아니라 네 개의 무림 세력이 되는 것이다.

정파와 마교 그리고 혈교와 백경.

그중 혈교와 백경은 아직 실체도 파악하지 못한 세력이었다.

거기에 혈교는 효명 공주까지 납치하려 했다.

문제는 여기에서 발생한다.

황궁 입장에서는 모두가 무림인.

만약 정확한 판단을 하지 않고 싹 다 무림인으로 몰아서 생각한다면?

가장 피해를 보는 것이 중원의 기둥으로 자리 잡은 정파일 것이다.

그중에서도 천하 십대세가와 구대문파는 황제에게 눈엣가시가 될 수도 있었다.

이것이 적의 노림수일 수도 있었다.

그 시작은 바로 유림 서원의 처리가 될 것이다.

유림 서원의 수업이 아무 일 없듯 진행된다면 한빈이 걱정할 일이 없을 것.

하지만 반대로 유림 서원이 문 닫는 일이 일어난다면 그다음 표적은 무림이 될 것이었다.

한빈은 그것을 묻고 있다.

장유중이 가벼운 기침을 뱉은 후 말을 이었다.

"흠, 어려운 질문이군. 이건 내가 쉽사리 결정 내릴 문제는 아닐세. 하지만!"

장유중이 눈을 빛내자 한빈이 말했다.

"네, 말씀하시지요."

"자네에게는 시험과 관계없이 최고 점수를 주겠네. 그리고 자네가 관직에 나간다면 내가 적극적으로 추천해 줄 마음도 있네. 그리고……."

장유중은 끊임없이 설명을 이어 나갔다.

한빈이 알고 싶은 내용은 회피하고 전혀 관계없는 설명을 이어 나가는 장유중.

한빈은 조용히 허공을 올려다봤다.

[알 수 없는 구결 : 일(一)]

알 수 없는 구결이라?

실체를 파악하기 전까지는 개수만 보이는 듯했다.

왠지 천급보다 한 단계 더 높은 구결일 듯싶었다.

천급보다 한 단계 더 높은 구결을 무엇이라 불러야 할까?

문제는 저 구결을 확인할 방법이 없다는 것이다.

기다리다 보면 저 구결을 확인할 방법을 가르쳐 줄 터였다.

그때가 과연 언제 오느냐가 문제.

한빈이 고민하고 있을 때, 장유중의 말이 끝났다.

"……내가 얘기할 것은 여기까지일세. 생각이 있는가? 팽유생. 나는 말일세, 자네는 무공보다 학문에 매진해야 한다생각하네."

"말씀 감사합니다. 생각해 보겠습니다."

"그럼 잘 생각해 보게. 자네 같은 인재가 검이 아닌 붓을든다고 생각하니 벌써 심장이 두근거리네그려."

장유중이 활짝 웃자 한빈이 답했다.

"저는 그럼 나가 보겠습니다."

한빈이 살짝 고개를 숙이자 장유중이 고개를 끄덕였다.

남은 이들은 멀어지는 한빈의 모습을 조용히 지켜봤다.

불당을 나온 한빈의 모습은 완전히 달라져 있었다.

유생의 모습은 완벽하게 사라졌다.

피에 전 의복을 벗어 던지고 푸른 도포를 걸치고 있었다.

거기에 수염까지 달고 있었다.

청운사신으로 변장한 것이다.

그 옆에 있던 소군도 사내아이로 변장한 상태였다.

소군에게는 유생 복장을 입혔다.

소군은 적응이 안 되는 듯 연신 머리를 매만졌다.

그것을 보고 있던 설화가 소군의 손을 잡았다.

"그렇게 만지면 공들여서 꾸며 놓은 게 다 흐트러지잖아."

"죄, 죄송해요. 언니."

소군이 당황한 듯 손을 내저었다.

그 모습에 설화가 말했다.

"마음이 어지러워 보이네."

"……."

"일단 마음을 진정시키는 게 먼저야, 소군아."

"……."

"우린 그냥 아무 생각 없이 공자님 뒤를 따라가기만 하면
돼."

"아무 생각 없이요?"

"나도 전에 그랬으니까……."

설화는 조용히 먼 산을 바라봤다.

마치 도를 깨친 신선과 같은 표정이었다.

그 표정에 소군은 더는 질문을 던지지 못했다.

그때 설화가 피식 웃으며 손을 내밀었다.

설화의 손에는 당과가 들려 있었다.

"일단 이거 하나 먹고."

"네. 고마워요, 언니."

소군이 설화가 건넨 당과를 받았다.

순간 청화가 불쑥 손을 내밀었다.

"왜 나는 안 줘요? 설화 언니."

"이제 한 개만 남았는데……."

설화가 말끝을 흐렸다.

조금 전 도를 깨친 것 같은 모습은 사라진 지 오래였다.

지금은 당과를 좋아하는 옆집 언니 같은 평범한 모습이었다.

설화가 마지막 남은 당과 꼬치를 청화에게 건네며 볼을 부풀렸다.

그 모습에 소군이 피식 웃었다.

한빈은 뒤쪽에서 종알거리는 소리를 들으며 조용히 걸어갔다.

아무렇지 않게 걷는 것 같아도 한빈은 기감을 한계까지 끌어울리고 있었다.

기감뿐이 아니었다.

내공을 코끝에 집중한 덕분에 후각도 최대로 예민해진 상태였다.

한빈이 이렇게 조심하는 이유는 앞서 상대한 토끼 가면, 즉 백경의 무인 때문이었다.

한참을 걷던 한빈은 전각의 구석구석을 살폈다.

토끼 가면이 흘리고 간 향기의 흔적은 어디에도 없었다.

그가 남긴 향기의 흔적은 만월경에서부터 담장 밖으로 이어져 있었다.

그의 목표가 적룡대협 하나였다는 것이 사실이라는 증거였다.

만약 그의 목표가 다른 이였다면 그토록 쉽게 떠나지는 않았을 터였다.

한빈이 알아낸 것은 거기까지였다.

사실 한빈이 진짜 궁금한 것은 만월을 쏘아 낸 직후 보인 토끼 가면의 행동이었다.

그는 한빈의 죽음을 확인도 하지 않은 채 급하게 자리를 떠났다.

무공에 대한 자신감일까?

그것은 아닐 것 같았다.

입장을 바꿔 놓고 생각한다면?

한빈이라면 상대의 죽음을 확인하고 자리를 떠났을 터다.

그가 그토록 빨리 자리를 뜬 이유는 과연 무엇일까?

한빈은 지금 그의 흔적을 살피며 그 이유를 알아보려 했다.

하지만 흔적만으로는 그 이유를 찾지 못했다.

다만, 한 가지 가능성만을 떠올렸을 뿐이다.

그때였다.

뒤쪽에서 따라오던 소군이 떨리는 목소리로 물었다.

"이, 이 길은 만월경으로 가는 길이잖아요, 공자님."

"그래, 지금 우리는 만월경으로 가고 있다."

"거긴 왜요?"

"잔혈마창에게 너에 대해서 물어봐야지. 그래야 이번 사건의 수수께끼 중 하나가 풀리니까."

"수수께끼요?"

"잔혈마창이 이곳에 왜 왔는가 하는 의문이지."

말을 마친 한빈은 자리에서 사라졌다.

구걸십팔보를 펼친 것이다.

한빈이 있던 자리에는 낙엽만이 흩날리고 있었다.

소군이 멍하니 있자 설화가 그녀의 손을 잡았다.

"우리도 빨리 가 보자."

"저는 아직 경공을……."

소군은 말을 잇지 못했다.

설화의 손에 이끌려 봇짐처럼 끌려가고 있었기 때문이다.

설화는 소군이 대답도 하기 전에 구걸십팔보를 펼치며 만월경을 향해 달려갔다.

눈 깜짝할 사이에 만월경에 도착한 소군은 눈을 크게 떴다.

그러고는 비명을 질렀다.

"앗, 공자님!"

그녀가 소리친 이유는 한빈의 행동 때문이었다.

한빈은 잔혈마창의 등 뒤에 꽂힌 응조수를 아무렇지 않게 빼냈다.

순간 잔혈마창의 등 뒤에서 피가 분수처럼 솟구쳤다.

한빈은 아무렇지 않게 그의 몸을 돌렸다.

그러고는 하늘을 보게 몸을 눕힌 후 장심으로 잔혈마창의 심장을 내리쳤다.

팡!

마치 확인 사살을 하려는 듯한 동작이었다.

모든 것이 눈 깜짝할 사이에 일어났다.

소군이 놀란 듯 달려갔다.

"왜 죽은 사람을 또 죽이는 거예요?"

"걱정하지 마. 저건 나를 살릴 때와 똑같은 수법이야."

청화가 소군의 소매를 잡았다.

"네?"

"우리 공자님은 다 죽어 가는 사람도 살려."

"다 죽어 가는 사람이 아니고 죽은 사람인데요."

소군이 고개를 갸웃하자 설화가 그녀의 소매를 잡았다.

소군의 소매를 잡아끈 설화는 조용히 잔혈마창과 한빈의 옆으로 다가갔다.

한빈이 잔혈마창의 가슴에 장심을 대고 있었다.

그 모습에 소군이 당황한 목소리로 물었다.

"죽은 사람한테 왜 내공을 낭비하시는 거예요?"

"죽지는 않았어. 죽은 척한 거지."

설화가 고개를 젓자 소군이 다시 물었다.

"죽지 않았다니요, 언니?"

"잘 봐 봐. 목 뒤에 솜털이 곤두서 있잖아."

"솜털이라니……."

소군이 눈을 가늘게 뜨고 잔혈마창의 목을 바라봤다.

순간 소군의 눈이 커졌다.

정말 목덜미에 솜털이 곤두서 있었다.

이건 상상도 못 한 일이었다.

그때 설화가 다시 말을 이었다.

"저 사람은 귀식대법을 펼친 후 진기를 다시 돌릴 힘이 떨어진 게 분명해. 아마 저대로 놔둔다면 며칠 내로 생명이 끊기겠지."

"언니는 어떻게 아신 거예요?"

"공자님 옆에 있다 보니……."

설화가 말끝을 흐렸다.

사실 이건 거짓말이었다. 설화는 한빈과 만나기 전에는 흑천의 특급 살수였다.

그러니 이런 현상을 모를 리 없었다.

귀식대법을 펼친 상태에서 저런 상처를 입게 되면 남들이 보기에는 목숨이 끊긴 것처럼 보인다.

하지만 실제로 죽은 것은 아니었다.

죽지는 않았지만, 완벽한 가사 상태에 빠진 것.

물론 목 뒤에 솜털이 곤두서 있는 것은 본능에 가까웠다.

한빈이라는 고수의 손길에 가사 상태에서도 생명의 위협을 느낀 것이다.

사실 그가 살아 있다는 징후는 살수만이 알 수 있는 것이다.

이 부분에 대해서는 설화도 궁금했다.

한빈은 어떻게 알았을까?

의문도 잠시, 설화는 조용히 고개를 끄덕였다.

사파보다 더 사파 같다는 소리를 듣고, 마교인보다 더 마교인 같다는 소리까지 듣는 한빈이었다.

그러니 살수보다 더 살수 같은 게 이상할까?

설화는 그냥 인정하기로 했다.

지금은 그러려니 하며 넘어가는 것이 습관화된 설화였다.

그때 한빈의 전음이 들려왔다.

설화는 재빨리 소군에게 귀엣말을 속삭였다.

"일단 너는 빠져 있는 게 좋을 것 같아."

"왜요? 언니."

"저자의 의도를 모르잖아."

"아, 알았어요."

소군이 고개를 끄덕이자 청화가 그녀의 손을 잡고 뒤로 빠졌다.

이제 잔혈마창의 곁에는 한빈과 설화만 남은 상태.

그때 가느다란 숨소리가 들려왔다.

"후."

그 소리에 모두가 잔혈마창을 바라봤다.

한빈은 그의 가슴에서 오른손을 뗀 상태였다.

그를 보며 쭈그려 앉은 한빈.

설화가 한빈을 따라 똑같이 쪼그려 앉았다.

순간 잔혈마창이 눈을 떴다.

눈을 뜬 잔혈마창이 작은 목소리로 말했다.

"사신과 선녀가 함께 있는 걸 보니 여긴 저승이 맞나 보군."

"……."

한빈은 아무 말 없이 잔혈마창을 계속 내려다봤다.

옆에 있던 설화는 슬쩍 입꼬리를 올리고 있다.

물론 잔혈마창의 눈에는 그들의 표정이 들어오지 않았다.

희미하게 보이는 형체가 사신과 선녀처럼 보이기에 한 말이었다.

다시 눈을 감은 잔혈마창이 말했다.

"어서 날 데려가시오."

"일단 얘기 좀 해 보고 데려가야 할지 말지를 판단하도록 하지."

순간 잔혈마창이 눈을 떴다.

상대의 말이 사신같이 느껴지지 않아서였다.

거기에 고막을 때리는 음성.

그것은 분명히 사람의 목소리가 맞았다.

"그게 무슨……."

잔혈마창은 말을 맺지 못했다.

푸른 도포에 흩날리는 수염이 눈에 들어왔기 때문이다.

중원에 발을 디디며 수집했던 청운사신의 정보와 일치했다.

그렇다면…….

잔혈마창의 동공이 지진이라도 난 것처럼 마구 흔들리기 시작했다.

그 모습에 한빈이 말을 이었다.

"설화야, 이 친구 몸 좀 일으켜라. 이거 고개를 숙이며 대화하려니 목이 아프네."

"네, 공자님."

설화가 신이 난 듯 잔혈마창의 몸을 일으켰다.

그를 일으키던 설화는 눈을 가늘게 떴다.

응조수가 꽂혀 있던 등 부근의 피가 멈춘 것을 보았기 때문이다.

만향각의 밀실.

한빈은 자리를 옮겨 잔혈마창과 마주 보고 있었다.

이곳으로 오는 동안 잔혈마창은 대화를 나눌 수 있을 정도의 기운을 회복했다.

물론 한빈이 기사회생을 쓰지 않았다면 영원히 깨어나지 못했을 터였다.

한빈과 잔혈마창 사이에는 찻잔이 김을 모락모락 피워 내며 여유를 뽐내고 있었다.

하지만 잔혈마창은 이를 악문 상태에서 찻잔에는 손도 대지 않고 있었다.

침묵을 깬 것은 한빈이었다.

"하하, 차 식겠소."

"죽이려면 그냥 죽이지, 왜 내게 치욕을 주는가?"

"말 한번 잘했소. 죽일 거면 내가 이런 수고를 했을 것 같나? 잘 생각해 보시게."

"……."

잔혈마창은 아무 말도 하지 못했다.

"유림 서원에는 왜 온 것이지?"

"……."

"혹시 마령지체의 주인을 찾으러 왔나?"

"음."

잔혈마창의 입술 사이로 희미한 신음이 흘러나왔다.

"표정을 보니 맞는 것 같군."

"아니오. 그건 절대 아니오."

"강한 부정은 긍정이라지. 무공에 비해 거짓말은 못 하는 친구군."

"……."

잔혈마창은 눈을 가늘게 떴다.

이 말은 신교에서도 자주 듣던 소리였다.

그는 거짓말을 하는 데는 그다지 능숙하지 못했다.

사실 성격이 아니라 그의 삶이 그랬다.

적이 나타나면 목을 베면 되고, 강한 상대가 나타나면 고개를 숙였다.

강자를 추앙하고 약자가 있으면 수하로 거두었다.

그가 우러러봐야 할 사람은 그다지 많지 않았다.

그 단순한 삶 속에 그가 거짓말을 해야 할 때는 한 번도 없었다.

그는 강자에게든 약자에게든 자신을 속인 적이 없었다.

그때 한빈이 말을 이었다.

"마령지체는 찾을 필요 없네. 마령지체의 주인은 이번 싸움에서 죽었네."

"그, 그게 무슨 말이오!"

잔혈마창이 처음으로 목소리를 높였다.

"목소리를 찾은 걸 축하하네."

"지금 한 말이 무슨 뜻이오? 마령지체의 주인이 죽었다니 그게 무슨 말인가?"

"정체불명의 세력에 의해 죽었네. 자네가 더 잘 알지 않은가?"

"나는……."

잔혈마창은 말끝을 흐렸다.

그의 머릿속에 마지막 상황이 떠올랐기 때문이다.

그에게 응조수를 꽂아 넣은 것은 음양쌍마가 아니었다.

그는 극마의 경지에 오른 자신조차 어찌할 수 없는 힘을 가지고 있는 자였다.

잔혈마창이 상대를 바라봤다.

그는 마지막 내공을 쥐어짜 외쳤다.

"이제 모든 것이 끝이구나! 어서 죽여라!"

"고작 마령지체의 주인이 죽었다고 모든 게 끝이라고?"

"너희 정파인들은 모른다."

"뭘 모른다는 거지?"

"마령지체의 주인이 죽으면 마교가 어떻게 되는지, 중원이 어떻게 피로 물드는지를 말이다."

"흠, 그렇다는 거지……."

한빈은 잔혈마창의 눈을 바라봤다.

그의 눈빛은 마치 돛대가 부러진 배같이 갈팡질팡 못 하는 느낌이다.

그것도 잠시, 그는 생기 없는 얼굴로 고개를 푹 숙였다.

한빈은 일단 그가 소군을 죽이러 온 것은 아니라고 생각했다.

한빈이 손가락을 튕겼다.

딱.

순간 밀실의 문이 열렸다.

덜컹.

문이 열리고 나타난 것은 청화였다.

그 뒤로 소군이 얼굴을 빼꼼 내민다.

순간 잔혈마창이 일어났다.

눈알이 튀어나올 듯 놀란 얼굴로 입을 벌리는 잔혈마창.

그는 바로 소군을 향해 달려갔다.

순간 설화는 우혈랑검을 꺼냈고 청화는 장심에 독기를 모았다.

갑작스러운 잔혈마창의 돌진을 공격이라 판단한 것이다.

그들의 모습에 한빈이 고개를 저었다.

괜찮다는 신호였다.

잔혈마창은 소군의 앞에 무릎을 꿇었다.

소군의 눈빛이 떨리자 한빈이 말했다.

"일단 판은 깔아 놨으니 마저 대화 좀 나누지."

한빈은 잔혈마창을 일으켰다.

잠시 후.

잔혈마창은 시종일관 정중한 말투로 설명을 이어 나갔다.

한빈을 생명의 은인으로 인정했기 때문이었다.

거기에 더해 소군의 생명의 은인이기도 했다.

한빈은 잔혈마창이 털어놓은 사실에 경악을 금치 못했다.

전생에도 몰랐던 마교의 비밀을 현생에 접하게 된 것이다.

마령지체가 왜 마교인에게 그렇게 절실하게 필요한지를 알게 된 것.

천산 산맥의 일대에 자리 잡은 천마신교의 비밀과 관련된 일이었다.

그들이 봉문하게 된 것은 다름 아닌 마교를 휩쓴 역병 때문이라고 한다.

겉보기에는 멀쩡하지만, 역병이 휩쓸고 간 후 극심한 고통에 시달리는 천마신교의 일반 백성들이 하나둘 늘었다고 한다.

바람만 불어도 혹은 옷깃만 스쳐도 까무러칠 듯한 고통을 느끼는 병이라고 했다.

물론 모두에게 일어나는 병은 아니었다.

하지만 교인의 가족 중 하나는 이 고통을 겪고 있었다.

천마신교 최고의 의원이라는 마의도 처음에는 이 병의 원인을 알아내지 못했다고 한다.

몇 년의 시간이 흘러 마의는 이 고통의 원인이 바로 불순한 마기라는 것을 알아낸다.

마의는 이 질병을 마통(魔痛)이라 칭했다고 했다.

마인의 몸에 들어 있는 불순한 마기와 정순한 마기를 어떻게 구별할 수 있을까?

그것은 불가능했다.

무공을 폐지하지 않는 한 그 고통을 계속된다고 했다.

그 불순한 마기를 정순한 마기로 바꿔 줄 방법이 바로 마령지체였다.

완벽한 마령지체의 주인은 불순한 마기만을 구별해서 제거할 수 있다고 한다.

그가 바로 소군이었다.

소군은 천마신교 내에서는 소마군이라 불리며.

완벽한 마령지체를 이루게 되면 천마신교의 교주 자리에 오를 사람이라고 한다.

그런데 얼마 전 문제가 생겼다고 한다.

마령지체를 이루는 소군의 단전에 문제가 생긴 것.

거기에 천마신교 내부에서 이상한 기류가 흐르고 있었다고 한다.

마령지체의 주인인 소군을 암살하려는 시도를 발견한 것.

여기까지 대화가 이어졌을 때 한빈이 물었다.

"그렇다면? 마교의 교주는 어떻게 된 건가?"

"교주님은 소마군의 마령지체를 보존하기 위해 본신 진기까지 모두 소진하고 지금 천마동에 폐관한 상태입니다. 사실한 쌍의 천산혈랑만 온전히 있었다면 마령지체는 온전히 회복되었을 겁니다. 그러니까…….''

천산혈랑의 내단이 바로 금이 간 마령지체의 단전을 복구할 수 있는 유일한 수단이었다.

그런데 누군가 천산혈랑을 풀어 준 것.

먼저 천산혈랑을 찾으러 간 것이 바로 그의 의형제인 잔혈마도.

그 후 잔혈마도와의 소식이 끊기자, 잔혈마창이 천산혈랑의 내단을 얻기 위해 중원으로 온 것이다.

그러던 중 마령지체의 흔적을 발견하고 유림 서원까지 온 것이라 했다.

여기까지 듣고 난 한빈은 대충의 상황을 알 수 있었다.

소군과 처음 만날 당시 쓰러져 있던 마인들은 아마도 신교의 반역자들이 분명했다.

무슨 이유인지는 몰라도 마통이라는 질병이 치료되는 것을 원하지 않는 자들이었다.

여기까지 듣던 한빈이 다시 말했다.

"내 궁금한 게 있소."

"말씀하시지요."

"그럼 마령지체의 주인이 온전한 힘을 되찾고 그대들이 극심한 고통에서 벗어난다면? 그다음 계획은 무엇이오?"

한빈이 눈을 빛내자 잔혈마창은 말을 이었다.

"아마도 복수가 먼저일 것 같습니다."

"복수라……."

"신교의 마통으로 옭아매고 소마군을 해치려던 무리입니다."

"확실하오?"

한빈이 눈을 가늘게 떴다.

이쯤 되니, 한빈은 한 가지 가능성을 떠올렸다.

마교 내에 십대세가를 전복시키려던 암제와 같은 인물이 있다는 가정이었다.

순간 한빈의 머리가 맹렬하게 돌아갔다.

한빈은 눈을 가늘게 뜨고 허공을 바라봤다.

용린검법의 심화편이 반짝이고 있었기 때문이다.

[심화편]

[……]

[지(智) : 이십사(二十四)]

지의 숫자가 줄어들고 있었다.

지의 구결도 다른 구결과 마찬가지로 쓰면 줄어드는 것이다.

한빈은 조용히 고개를 끄덕였다.

이제 생각이 정리된 것이다.

그때 잔혈마창이 말했다.

"확실합니다. 그렇지 않고서는 소마군의 치료에 쓰일 천산혈랑이 도망칠 일도 없었을 겁니다. 그리고 소마군께서 당할 일도 없었겠죠."

"천산혈랑의 일은 미안하게 됐소."

"청운사신께서 왜 그 일을 미안해합니까?"

"중원에서 벌어진 일이니 미안하다는 거요."

"알고 보면 잔혈마도의 잘못도 있었습니다. 그는 마통을 극복하지 못했으니까요. 마통의 다른 이름이 마희(魔喜)입니다."

"마희……. 처음 들어 보는군."

"극심한 고통 때문에 감정을 통제할 수 없는 겁니다. 그 단계를 넘어서면 그게 고통인지 쾌감인지 애매한 경계에 이르게 되죠."

"그런 이유가 있었군."

"잔혈이란 별호가 저희의 앞에 붙은 이유가 바로 그 고통 때문입니다. 마도, 그 친구의 경우는 본래 성정이 다소 거친 편이긴 했습니다. 그러니까⋯⋯."

잔혈마창은 마치 남의 이야기를 하듯 말을 이었다.

그의 이야기는 제법 길었다.

이야기를 듣고 난 한빈이 물었다.

"교의 일이 정리되고 나면 어떻게 할 것이오?"

"저희는 모든 일이 마무리되면 이전에 선언했던 봉문을 연장할 것입니다. 아마도 백 년 정도가 되겠지요."

"백 년이라⋯⋯."

한빈이 말끝을 흐리며 의미심장한 눈빛으로 잔혈마창을 바라봤다.

한빈은 그의 진의를 알고 싶었다.

시선을 마주한 잔혈마창이 답했다.

"신교가 회복하기까지는 아마 백 년도 부족할 듯싶습니다. 걸어오는 싸움을 마다하지는 않겠지만, 저희가 누군가에게 싸움을 걸기에는 너무 큰 손실을 보았습니다. 이건 교주께서도 약속한 일입니다, 청운사신."

"내게 이렇게까지 소상히 말해 주는 이유는 무엇이오?"

"당신이 소마군을 구한 게 아닙니까? 그리고 당신이 정파의 얼굴이라 들었습니다."

"낯간지럽군."

"모든 세인이 말하더군요. 적룡대협은 사파의 기둥이고, 청운사신은 정파의 얼굴이라고 말입니다."

"틀린 말은 아니오. 믿겠소."

"그게 무슨 말씀입니까?"

"그대의 말을 믿겠다는 말이오. 돕지는 못해도 방해는 하지 않겠소."

한빈은 강호의 노고수처럼 수염을 쓸어내렸다.

"소마군을 구해 주신 것만 해도 도와주신 겁니다. 우리 마교인은 은혜와 원한은 열 배로 갚습니다."

"열 배라……. 혹시 잔혈마도에 대한 원한도 갚을 것이오?"

한빈은 확인해야 했다.

앞서 잔혈마도의 잘못이 있다고 말했지만, 원한은 다른 문제였다.

"그 원한은 존재하지 않습니다."

"……."

한빈은 고개를 갸웃했다.

원한이 존재하지 않는다는 잔혈마창의 말을 믿을 수 없었다.

조금 전 스스로의 입으로 은혜와 원한은 열 배로 갚는다고 하지 않았던가?

한빈의 표정을 본 잔혈마창이 말을 이었다.

"잔혈마도는 죽지 않았습니다. 그는 지금 하나 남은 천산 혈랑을 추격 중일 겁니다."

"그는 죽었다고 들었소."

"아닙니다. 제가 이곳까지 오며 추격한 것은 소마군의 흔적뿐이 아닙니다. 저는 잔혈마도의 흔적도 찾아냈습니다."

"그는 분명히 영단산에서 죽었다고 들었는데……."

물론 들은 게 아니라 본 것이다.

잔혈마창은 아무렇지 않게 말을 이었다.

"이게 바로 증거입니다."

잔혈마창이 자신의 소매를 걷었다.

그의 팔뚝에는 기다란 붉은 뱀이 새겨져 있었다.

자세히 보니, 그것은 뱀이 아니라 힘줄이었다.

팔뚝을 타고 내려오는 붉은 힘줄.

한빈이 낮은 목소리로 말했다.

"생사흔(生死痕)이군."

"네, 맞습니다."

"그대의 의형제가 맞나 보군."

청운사신으로 변장한 한빈이 다시 수염을 쓸어내렸다.

생사흔을 새기는 것은 마교의 의식 중 하나였다.

유비가 관우와 장비와 함께 도원결의를 했듯, 마교인들은 의형제를 맺을 때 술을 마신다.

다만, 피가 아닌 생사충(生死蟲)이라 불리는 한 쌍의 고독을 각자의 술잔에 넣는다.

물론 그들이 술잔에 탄 생사충에 독성은 없다.

다만, 상대의 생사에 따라 색이 바뀐다.

둘 중 하나라도 죽게 된다면 남은 생사충은 검은색으로 변한다.

검은색으로 변할 때 그들이 느끼는 고통은 상상을 초월한다고 한다.

지금 잔혈마창이 말한 마통의 고통 정도라고 한다.

색의 변화와 고통으로 죽음을 알 수 있는 것이 생사흔.

잔혈마창의 팔뚝에 자리 잡은 기다란 붉은색 힘줄이 바로 생사충일 것이다.

그 색이 아직 붉다는 것은 잔혈마도가 살아 있음을 뜻한다.

한빈도 생사흔이 상대의 죽음을 확인할 수 있는지는 확인한 적 없다.

전생에 정의맹 장서각에 남아 있는 자료를 봤을 뿐이다.

사실 한빈은 그가 살아 있다는 것에 대해 반신반의하고 있었다.

서로의 복부에 도검을 꽂은 상태에서 강물에 빠졌다.

그런 상태에서 살아남는다는 것은 불가능하다.

물론 한빈도 살았으니 반드시 죽었으리라는 보장은 없다.

잠시 상념에 빠졌던 한빈이 물었다.

"잔혈마도는 지금 어디에 있는 것 같소?"

"흔적을 보면 천산혈랑을 찾아 북쪽으로 향했습니다."

"북쪽이라면……."

한빈은 어딘가를 바라봤다.

이곳이 밀실이긴 해도 탁월한 방향감각 덕분에 방위는 파악할 수 있었다.

한빈이 바라보는 곳은 북해빙궁이 있는 곳이었다.

한빈의 표정을 본 잔혈마창이 말했다.

"말씀하신 대로 북해빙궁 쪽입니다. 아마도 짝을 잃은 천산혈랑은 본능적으로 북해빙궁으로 향했겠지요."

"그럴 수도 있겠군. 자네는 그럼 북해빙궁으로 갈 텐가, 마창?"

"아무래도 그래야 할 듯싶습니다. 저를 그냥 마원이라 불러 주십시오, 청운사신."

"마원이라……."

"그게 제 본명입니다. 아무래도 잔혈마창이란 별호보다는 더 친숙할 듯싶습니다, 청운사신."

잔혈마창 마원이 작게 고개를 숙였다.

그러고는 힐끔 소군을 바라봤다.

소군을 바라본 마원은 고민에 빠진 듯 한동안 입을 열지 않았다.

소군도 시선을 피하지 않았다.

잃어버린 기억을 떠올리려는 듯 눈을 빛냈다.

그때 한빈이 말했다.

"고민이 있으면 말해 보게."

"소마군을 맡겨도 되겠습니까?"

"이유를 물어봐도 되겠는가?"

"마령지체가 깨진 소마군은 무공을 익히지 않은 일반 백성과 다름없습니다. 아마도 북쪽의 찬바람을 견디지 못할 것 같습니다."

"그럼 내가 자네가 올 동안 맡아 주면 된다는 이야기인가?"

"네. 부탁드리겠습니다, 청운사신."

"좋네. 다만!"

말을 끊은 한빈이 수염을 쓸어내렸다.

그 모습에 마원이 다급히 말했다.

"말씀하시지요. 제가 들어드릴 수 있는 조건이라면 목숨을 바쳐서라도 행하겠습니다."

"목숨은 필요 없다네."

말을 마친 한빈은 손가락을 튕겼다.

눈 깜짝할 사이에 설화가 나타났다.

그러고는 아주 자연스럽게 한빈의 앞에 지필묵이 든 보따리를 풀었다.

재빠르게 붓을 든 한빈.

마원의 눈이 커졌다.

붓놀림이 마치 검을 쓰는 것 같았기 때문이다.

한빈의 붓끝에 일말의 자비란 없었다.

붓끝이 한지 위를 유린했다.

마원이 감탄하고 있을 때 한빈이 붓을 놓았다.

탁.

한빈은 조용히 종이를 마원 쪽으로 내밀었다.

마원은 그의 필체에 진심으로 감탄했다.

필체를 감상하던 마원의 눈이 한계까지 커졌다.

그는 자신도 모르게 입을 벌렸다.

한숨을 토해 낸 마원의 입술이 파르르 떨렸다.

"이게 조건입니까?"

"맞네. 이걸 들어줄 수 있으면 내가 소마군을 맡겠네."

"당신은 대체……."

마원이 말끝을 흐렸다.

두 시진 후.

그들은 군자현에서 이십 리 정도 떨어진 정자에서 풍경을
즐기고 있었다.

이곳 정자의 이름은 만향정.

만향각의 금미랑이 세운 정자였다.

제법 험한 지형에 자리 잡고 있어서 행인들이 만향각에 들를 일은 없었다.

뒤쪽으로는 까마득한 절벽이 있으며, 앞쪽에는 대나무가 우거져 있었다.

가끔 들리는 늑대 울음소리는 번듯한 정자와는 도무지 어울리지 않았다.

소군은 한빈이 왜 이곳으로 왔는지 알 수 없었다.

조용히 하늘을 올려다보는 것으로 봐서 시간을 가늠하는 듯 보였다.

누군가와 이곳에서 만나기로 한 것이 분명했다.

하지만 누굴 기다리는지는 알 수 없었다.

한빈이 소군을 바라봤다.

"후회하지 않느냐?"

"마원 아저씨의 말대로 이곳이 안전한 것 같아요. 공자님만 괜찮으시다면……."

소군이 말끝을 흐렸다.

한빈은 아무 표정 없이 고개를 끄덕였다.

과연 그들은 무슨 이야기를 나눈 것일까?

만향각에서 잔혈마창 마원은 한빈의 계약서에 서명하기 전에 소군에게 마지막으로 의향을 물어봤다.

소군도 역시 한빈의 곁에 남는다고 했다.

그러고는 계약서에 소군도 서명했다.

한빈은 그 순간 당황한 마원의 모습을 보았다.

마교의 서열상 소군은 교주의 바로 아래라고 한다.

마원이 서명했을 때에는 그가 들어주지 못할 부탁은 목숨으로 대치할 수 있지만, 소군이 서명했을 때는 빼도 박도 못한다는 것이다.

한빈이 다시 물었다.

"내가 후회하지 않느냐는 말은 서명한 것을 후회하지 않느냐는 말이다."

"책임감에 대한 기억은 없는걸요."

소군이 배시시 웃었다.

지금 보면 그저 어린아이에 불과했다.

한빈은 턱을 어루만지며 잠시 생각에 잠겼다.

마령지체를 회복하지 못한 지금의 모습이 더 행복해 보였기 때문이다.

그때 옆에 있던 설화가 소군의 볼을 잡아당겼다.

"네가 안 떠나서 다행이다."

"앗, 언니. 잡아당기지 말아요. 피부 늘어나요."

"너는 아직 괜찮아."

"청화 언니가 지금부터 신경 써야 한다고 가르쳐 줬어요."

소군이 청화를 가리켰다.

청화는 행복한 표정으로 떡을 베어 물고 있었다.

그때였다.

대나무숲 안쪽에서 무시무시한 기세가 몰아쳤다.

더해 기세가 점점 가까워진다.

소리는 들리지 않지만, 음산한 바람이 대나무숲을 빠져나와 정자에 닿을 정도였다.

그 기세에 한빈을 제외한 모두가 병장기를 뽑았다.

스릉.

한빈이 한 발 앞으로 나서 그들을 제지했다.

"다들 진정하고 뒤쪽으로 물러서라."

한빈의 말에 설화와 청화 그리고 소군이 재빨리 한빈의 뒤쪽에 자리 잡았다.

한빈에게 가까워지자 기세는 눈에 띄게 수그러들었다.

점점 다가오는 신형.

뒤쪽에 있던 설화가 놀라 외쳤다.

"음양쌍마!"

그 모습에 한빈이 검지를 입술에 갖다 댔다.

"쉿."

순간 앞으로 튀어 나가려던 설화가 중심을 잃었다.

휘청이던 설화를 소군과 청화가 잡았다.

웬만해서는 평정심을 잃은 적이 없는 설화였다.

그녀가 당황하자 청화와 소군마저 표정을 굳혔다.

모두가 긴장한 듯 상대를 바라봤다.

상대는 음양쌍마 중 음마혈녀였다.

모두가 놀란 가운데 음마혈녀가 정중하게 포권했다.

"주군을 뵙니다."

"그만 되었으니 보고부터! 참, 기척부터 죽이지 그래?"

"네, 알겠습니다. 주군."

순간 음마혈녀의 기세가 눈 녹듯 사라졌다.

모두는 그 모습에 고개를 갸웃했다.

처음에는 죽일 듯 달려오던 음마혈녀가 한빈의 앞에서 순한 양이 되어 버린 것.

설화와 청화도 눈을 크게 뜨고 당황했다.

한빈은 아무렇지 않게 말을 이었다.

"어떻게 됐지?"

"여기 있어요. 주군."

음마혈녀가 지도 한 장을 내밀었다.

그 지도에는 몇 개의 점이 표시되어 있었다.

한빈은 지도에 적혀 있는 곳을 눈으로 확인했다.

"그럼 그자가 마지막에 향할 곳은 오룡강(五龍江)이군."

"아마 그럴 듯싶습니다."

"그럼 그만 가 보도록."

"다음 보고는……."

"반년에 한 번씩 자료를 이곳에 갖다 놓도록."

한빈이 정자를 가리키자 음마혈녀가 깊숙이 포권했다.

"명심하겠습니다, 주군."

"참, 백경이라고 들어 봤나?"

"전설 속의 문파가 아닌가요? 주군."

"그런가……. 자네와 관계없는 조직이군."

"네, 저희는 잘 모릅니다."

고개 숙인 음마혈녀가 막 돌아서려는 순간 한빈이 말했다.

"참, 이것도 가져가도록 해."

한빈은 음마혈녀에게 뭔가를 던졌다.

휙.

음마혈녀가 재빨리 허공에서 물건을 낚아챘다.

그러고는 머리가 바닥에 닿을 정도로 포권했다.

"감사합니다. 주군."

음마혈녀는 한빈이 던진 물건을 허리에 있는 주머니에 넣었다.

한빈이 던진 것은 다름 아닌 그녀가 마지막 대결에서 썼던 응조수였다.

그것을 마지막으로 음마혈녀는 한빈의 시야에서 사라졌다.

그녀가 완전히 사라지자, 한빈은 지도의 뒷면을 확인했다.

그곳에는 한빈이 조사하도록 지시한 내용이 빼곡히 차 있었다.

한빈은 오른손에 진기를 불어 넣었다.

순간 지도에 불이 붙었다.

화르륵.

순식간에 지도는 잿더미가 되었다.

한빈이 확인한 내용은 다른 이들은 모르는 것이 좋았다.

설화와 청화의 안전을 위해서이기도 했다.

한빈은 손 위에 잿더미를 털어 낸 후 조용히 멀리 있는 강을 바라봤다.

그 모습에 설화가 참지 못하고 물었다.

"고, 공자님, 대체 어떻게 된 거예요?"

"우릴 도와줄 사람을 구했을 뿐이야."

"그게 음마혈녀예요?"

"그렇지."

"제가 묻고 싶은 건 그게 아니에요. 제가 궁금한 것은 어떻게 저 마두가 공자님의 종이 되었느냐예요."

"뭐, 싸우다 보면 정이 든다는 말이 있지."

"그, 그 말이 여기서 왜 나와요? 공자님."

"싸우다 보면 원래 가족이 되는 법이지. 설화 너도 처음에는 나와 싸웠잖아."

"네?"

설화가 눈을 동그랗게 뜨자 한빈이 물었다.

"기억 안 나?"

"음."

설화가 팔짱을 끼고 과거를 떠올렸다.

그것도 잠시, 설화는 바로 고개를 가로저었다.

기억이 나지 않아서가 아니었다.

떠올리기조차 싫은 것이다.

한빈이 청화를 바라봤다.

시선을 마주친 청화가 어색하게 웃었다.

그녀도 한빈과 검을 맞댄 기억이 있었다.

다만 그 인연이 없었다면 어떻게 됐을까를 생각해 본 설화가 어깨를 가늘게 떨었다.

한빈을 만나지 않았다면, 그녀에게는 처참한 외모와 온몸에 퍼져 자신의 정신까지 갉아먹던 맹독만이 남아 있었을 것이다.

거기에 가족을 찾는다는 것은 상상도 하지 못할 일이고.

물론 설화도 마찬가지였다.

한빈을 만나지 않았다면, 평범한 살수로 살아가고 있을 터였다.

살수 생활이 평범하다라?

남들이 들으면 이상하게 생각할지 몰라도 이것은 설화의 진심이었다.

살수 생활이 평범하게 느껴질 만큼 한빈의 곁에 있으면서 겪었던 이들은 파란만장했으니 말이다.

설화와 청화가 존경 어린 시선으로 한빈을 바라보고 있을 때였다.

소군이 손을 번쩍 들었다.

그 모습에 한빈이 고개를 끄덕였다.

"궁금한 게 있으면 물어봐도 좋다."

"저는 안 싸웠는데요. 저도 싸워야 하나요?"

"원한다면 그래도 좋다."

"저는 안 싸울래요."

소군이 고개를 저었다.

그 모습에 모두가 웃음을 터뜨렸다.

웃음의 여운이 가시기 전에 한빈이 설화를 바라봤다.

설화가 한빈에게 짐을 내민다.

하얀색 천으로 싸인 기다란 물건이었다.

하얀 천을 들춰내면 마치 장창이 들어 있을 법한 길이였다.

한빈은 천을 펼쳐 내용물을 확인했다.

천을 들춰내니 모습을 드러낸 것은 낚싯대였다.

이 낚싯대는 이곳으로 오는 길에 장만한 것이다.

한빈은 낚싯대를 어깨에 걸친 채 돌아섰다.

설화가 다급하게 물었다.

"진짜 낚시 다녀오시게요?"

"먹음직스러운 물고기가 노닌다는 곳이 있으니 확인해 봐야겠지."

"혼자 가셔도 괜찮겠어요?"

"이번에는 나 혼자 갔다 오마. 그동안 여기서 잠시 쉬고 있거라."

"네. 알았어요, 공자님."

설화가 고개를 숙이자 한빈이 낙엽 밟는 소리만 남기고 자리에서 사라졌다.

사사 삭.

홀연히 사라진 한빈의 모습을 보던 소군이 물었다.

"언니들, 공자님은 진짜 신선이에요?"

"그게 무슨 말이야?"

"효명인가? 그 애가 공자님보고 신선이라고 했잖아요."

"그럴지도……."

설화가 말끝을 흐리며 한빈이 사라진 자리를 바라봤다.

청화도 동의한다는 듯 고개를 끄덕였다.

오룡강 하류.

오룡강은 다섯 마리의 용이 뒤엉킨 것 같다고 해서 붙여진 이름이었다.

높은 산에서 이곳을 내려다보면, 희미하지만 용의 형상으로 보인다.

용이 뒤엉켰다는 것은 그만큼 강의 지형이 험하다는 뜻이다.

그런 이유로 이곳에는 상선이 지나가지 않는다.

물론 강에서 물고기를 잡는 어부들도 없었다.

그렇다고 이곳이 조용한 곳이냐 하면 그것도 아니었다.

굽이굽이 휘몰아치는 역동적인 급류를 보기 위해 이곳을 방문하는 풍류객들은 제법 많았다.

오룡강의 주변에는 뾰족한 암석이 여기저기 솟아 있었다.

다만 지금 보이는 나루터 주변은 평지에 가까웠다.

덕분에 나루터 주변으로는 다루와 객잔이 제법 보였다.

한빈은 다루와 객잔을 지나쳐 낚싯대를 어깨에 걸쳐 멘 채 조용히 나루터로 걸어갔다.

나루터 옆에 걸터앉은 한빈은 조용히 낚싯대를 드리웠다.

첨벙.

바로 낚싯대가 휘청인다.

물고기가 미끼를 문 것이 아니었다.

급류 때문에 휘청이는 것이다.

사실, 이곳에서 낚싯대를 드리운 이는 한빈밖에 없었다.

한빈은 품속에서 호리병 하나를 꺼냈다.

뚜껑을 열어 한 모금 들이켰다.

주향에 취한 듯 허허롭게 허공을 바라보고 있었다.

마치 눈앞의 낚싯대에는 관심 없다는 표정이었다.

무심한 듯 허공을 바라보고 있지만, 한빈은 시간을 허투루 허비하고 있지는 않았다.

물론 한빈이 바라보고 있는 것은 용린검법이었다.

얼마나 지났을까.

낚싯대가 흔들리기는 했지만, 그것은 급류 때문이었다.

한빈을 비추던 그림자가 서서히 기울어 가고 있을 때였다.

누군가 한빈의 곁으로 다가왔다.

터벅터벅.

그의 발소리가 점점 가까워진다.

한빈은 모른 채 낚싯대에 집중했다.

그자는 인기척을 숨기지 않았다.

거기에 투박한 발소리로 봐서 무인도 아닌 듯했다.

물론 한빈은 그자가 풍기는 분위기를 믿지 않았다.

한빈도 누가 본다면 물고기도 잡히지 않는 오룡강에 낚싯대를 드리운 정신 나간 노인에 불과했다.

한빈은 청운사신의 복장 그대로였다.

사실 청운사신의 복장이라고는 하나 푸른 도포에 수염을 붙인 것뿐이다.

거기에 변장 도구를 이용해 변화를 주어 나이가 들어 보이게 만든 것.

검이 아닌 낚싯대를 들고 있으니 그저 평범한 노인으로 보일 것이 분명했다.

그자는 한빈의 옆에 멈췄다.

그는 한빈의 옆에 앉아 말을 건넸다.

"물고기는 잘 잡히십니까?"

"나이가 들어서 그런지 낚싯대를 들고 있는 것조차 힘들구려."

한빈은 그제야 고개를 돌렸다.

눈앞에 있는 것은 젊은 사내였다.

변장하기 전 한빈의 나이와 비슷해 보였다.

잡티 하나 없는 피부에 가지런히 넘겨 묶은 머리.

거기에 하얀색 무복을 걸치고 있었다.

복장이 너무 깨끗해서 내려오던 먼지가 쓱 하고 미끄러질 정도의 분위기였다.

이곳까지 오기에는 꽤 길이 험했을 텐데 그의 무복은 오염된 것이 없었다.

재미있는 것은 그의 신발이었다.

신발에도 티끌만큼의 먼지가 보이지 않았다.

가까이 있는 객잔이나 다루에서 걸어온다 해도 먼지가 묻을 터.

이렇게 깨끗할 수는 없는 일이었다.

젊은 사내가 말했다.

"저는 백이라 합니다."

"백이라……. 성이 어떻게 되시오?"

"성씨는 밝힐 수 없습니다. 어르신의 이름을 물어봐도 되겠습니까?"

"나는 운이라 하오. 성은 까먹은 지 오래라서 밝힐 수 없으니 이해하기 바라네."

"하하, 맞받아치시는 걸 보면 아직 정정하신가 봅니다."

"혹시 이 늙은이에게 무슨 용건이라도……."

"물고기를 잡는 방법이 하도 이상해서 와 봤습니다."

"이상하다니? 그게 무슨 말인지 도통 모르겠구먼."

"미끼도 없고, 곧게 펴져 있는 것은 마치 바느질할 때 쓰는 바늘 같아 보입니다. 그러니 제가 호기심이 동할 수밖에 없었습니다."

"내가 여기서 할 수 있는 것이 이것밖에 없어서 그렇소만……."

"할 수 있는 게 이런 낚시밖에 없다는 말씀인가요?"

"여기에서 물고기를 잡는다 해도 나는 건져 올리지 못하오."

"이유를 물어봐도 되겠습니까?"

백이라 자신을 소개한 사내가 고개를 갸웃했다.

호기심이 동한 듯 눈을 반짝이는 백.

한빈은 나지막이 말을 이었다.

"이곳 오룡강의 물고기들이 힘이 좋기로 유명하다는 것은 자네도 알 것 아닌가? 운 좋게 고기가 미끼를 문다고 해도 나는 그 물고기를 건져 올리지 못할 것이네. 아마 낚싯대마저 잃어버리겠지."

"오호, 말이 되는군요."

"그러니 물고기가 미끼를 물지 못하도록 곧은 바늘을 쓰는 것일세."

"저는 세월을 낚는다는 태공망이 현세에 내려온 줄 알았습니다."

"낚을 수만 있다면 좋지. 그런데 그건 불가능한 일 아니겠나. 이 술 한잔 들겠나?"

"그건 무슨 술입니까? 그러지 않아도 코끝이 간지러웠습니다."

"여기 오다 주운 백아주네."

한빈이 흰색 호리병을 내밀자 백이 잡았다.

백이 호리병을 잡고 막 들이켜려는 순간이었다.

어디선가 나팔 소리가 들려왔다.

뿌-앙!

그 소리에 나루터에 있는 모두가 고개를 돌렸다.

나팔소리가 나는 곳에서는 배 한 척이 천천히 나루터로 오고 있었다.

멀리서 다가오는 그 배는 하얀색 점으로 보였다.

하얀색 점이 점점 가까워졌다.

신기한 것은 거친 물살에도 하얀색 배는 흔들리지 않는다는 점이었다.

어찌 보면 경공을 펼치는 듯한 착각이 들었다.

아마도 그들만의 특수한 항해법이 있을 터.

중요한 것은 그것이 아니었다.

하얀 돛에 쓰여 있는 글자에 한빈은 미간을 좁혔다.

백경(白鯨).

이전에 위지천과 위지약을 데려갔던 그 조직.

그리고 토끼 가면이 속해 있는 전설의 문파였다.

그때 백이 한빈에게 아쉬운 듯 말했다.

"이제 배가 왔으니 저는 돌아가야 할 듯싶습니다."

아쉬운 표정으로 백이 호리병을 건넸다.

한빈이 고개를 저었다.

"나는 됐네. 내가 마실 수 있는 건 한 모금일세. 자네가 가져가서 먹게. 내 실수로 뚜껑도 깨져 버려 그냥 놔두면 주향이 다 날아가 버릴 것일세."

"그래도 되겠습니까?"

백이 눈을 빛냈다.

천외천

한빈이 허탈하게 웃으며 말을 이었다.

"하하, 어차피 길 가다가 주운 술일세."

"백아주를 길 가다 줍는다는 게 말이 됩니까? 이런 좋은 술을 넙죽 받는다는 것은 말이 안 됩니다."

"그래도 어떻게 하겠나, 내게 필요 없는 술인걸……."

"그럼 이렇게 하는 게 어떻겠습니까?"

"……."

한빈은 아무 말 없이 상대를 바라봤다.

백이라는 사내의 표정은 평온했다.

그의 의복도 그렇지만, 얼굴에도 속세의 티끌이 묻어 있지 않았다.

나이만 어리게 보일 뿐 신선의 풍모를 가지고 있었다.

"저와 함께 배에 잠깐 오르시죠. 술을 못 드신다면 안주라
도 대접하고 싶습니다."

"안주라……"

한빈이 고민하는 척 망설이자 백이 말했다.

"이런 좋은 기회는 자주 오지 않습니다. 혹시 압니까? 제
대접이 영감님의 기력을 찾아 줄 수 있을지요."

백이 은근한 눈길을 보냈다.

한빈은 이제 선택해야 했다.

한빈이 낚으려던 것이 바로 백경이었다.

그 실체를 조금이나마 확인하고 싶었다.

그래서 자신이 미끼가 된 것이다.

이 나루터가 낚싯대요.

한빈이 미끼였다.

한빈은 백을 바라봤다.

사람 좋은 얼굴로 한빈을 초대했지만, 그는 만만한 사람이
결코 아니었다.

멀리서 주향을 맡았다는 것은 상상도 못 할 후각을 가지고
있다는 것이다.

즉, 한빈과 동류.

거기에 곧게 펴진 바늘을 봤다는 것은 한빈이 처음 낚싯대
를 던질 때부터 유심히 봤다는 뜻이다.

또한 그 후 바로 온 것도 아니고 한 시진이 넘게 한빈을 관찰했다니, 상상도 못 할 시력과 더불어 끈기까지 남달랐다.

아직 백이라는 자의 정체를 알 수는 없었지만, 그가 백경의 인물이라는 것은 알 수 있었다.

중요한 것은 백경이라는 커다란 물고기가 미끼를 물었다는 것.

물론 백경이 한빈을 낚은 것일 수도 있었다.

백이라는 사내는 한빈의 변장한 얼굴 뒤의 모습을 알 수도 있었다.

고민은 필요 없었다.

한빈은 조용히 고개를 끄덕였다.

"호의에 감사하네."

"그럼 이쪽으로 오시죠."

백이 손을 내밀었다.

그들이 나루터에 도착했을 때 마침 하얀 배가 나루터로 가까이 왔다.

하얀 배는 물살을 무시하고 천천히 옆으로 움직이더니 나루터에 무사히 접안했다.

움직임이 마치 게가 옆으로 기는 모습이었다.

이어서 배에서 발판이 내려온다.

스륵.

탁.

발판은 계단 모양으로 만들어져 노인이라도 쉽게 오를 수
있을 듯싶었다.

　　한빈은 조심스럽게 백을 따랐다.

　　백이 뒤쪽을 바라보며 말했다.

　　"괜찮으십니까?"

　　"이 정도는 괜찮네."

　　배 위에 오른 한빈은 눈을 크게 떴다.

　　갑판까지 온통 하얀색이었다.

　　거기에 더해 갑판 위에는 아무도 없었다.

　　한쪽에는 돌로 된 탁자 하나가 놓여 있었다.

　　그 돌로 만든 탁자마저 하얀색이었다.

　　마치 눈이 배 위를 덮은 것 같았다.

　　백이 돌로 된 의자를 가리켰다.

　　한빈은 그 의자에 앉았다. 백이 손뼉을 치자 기파가 파도
처럼 퍼져 나갔다.

　　짝.

　　내공을 담은 한 수였다.

　　백이 자신을 드러내 보인 첫수였다.

　　그 소리에 선실의 문이 열렸다.

　　선실의 문이 열리고 누군가 걸어 나왔다.

　　하얀 도포를 입은 노인이었다.

지금 한빈이 변장한 노인과 비슷한 나이로 보였다.

탁자로 다가온 노인이 백에게 포권했다.

"장주님을 뵈옵니다. 별일 없으셨는지요?"

"별일 없었다네. 여기 손님을 한 분 모시고 왔으니 기력을 회복할 다과를 내어 오게, 총관."

"알겠습니다, 장주님."

그들의 대화에 한빈의 의문은 더욱 커졌다.

총관이란 자의 분위기가 심상치 않았다.

마치 무당이나 화산의 장로들과 비슷한 분위기를 풍겼다.

진짜 기세를 세월의 벽이 감싸고 있다는 느낌이었다.

저런 총관을 부리고 있는 것을 보면 백이라는 사내는 백경 내에서도 제법 지위가 높은 것 같았다.

백의 나이도 겉모습 그대로 볼 수는 없었다.

잠시 후.

그들의 앞에는 중원에서는 볼 수 없는 찻잔과 접시가 놓였다.

찻잔과 접시조차 하얀색. 다만 찻잔과 접시에는 기묘한 문양이 새겨져 있었다.

한빈이 접시와 찻잔을 유심히 보니, 백이 말했다.

"찻잔이 마음에 드시나 봅니다."

"문양이 신기해서 그러네. 나는 이런 문양은 처음 보네."

"저희 문파 고유의 문양입니다."

"문파라……."

"백경이라는 문파입니다."

아무렇지 않게 자신의 문파를 밝히는 백.

한빈도 아무렇지 않게 말했다.

"그런 문파도 있었군."

"중원 사람들의 기억 속에는 잊힌 문파지요."

"그렇군."

"노인장은 어느 도관의 고인입니까?"

"도관이라……. 왜 그런 생각을 했나?"

"도덕경 오천 자를 몸에 새기고 있는 도인이 어디 흔합니까?"

"도덕경 오천 글자라?"

놀란 듯 한빈이 눈을 크게 떴다.

도덕경 오천 글자를 새긴다는 것은 등선의 경지에 이르렀음을 우회적으로 표현하는 것이다.

그 모습에 백이 말했다.

"분위기가 그렇다는 겁니다. 첫눈에 저는 노인장의 정체를 알아봤습니다."

"조금 더 자세히 듣고 싶군."

한빈은 남이 얘기하듯 대수롭지 않게 말했다.

백의 표정이 살짝 바뀌었다.

이제는 아예 대놓고 호기심을 표현하고 있었다.

"저는 노인장이 도를 깨달으신 분이라는 것을 알고 있습니다."

"그렇게 생각해 준다니 고맙구려. 그럼 백경도 도가의 문파라는 말이오?"

"뭐 비슷합니다. 일단 드시면서 얘기하시지요."

백이 접시를 가리켰다.

그곳에는 전병과 당과가 놓여 있었다.

재미있게도 전병과 당과조차 하얀색이었다.

한빈이 보고만 있자, 백이 백아주가 든 호리병을 들었다.

자신의 입에 백아주를 털어 넣은 백이 한빈을 보며 웃었다.

한빈이 전병을 집어 한 입 베어 물었다.

서로의 음식을 입에 넣는다는 것은 일종의 관례.

포권이 상대에게 무기가 없다는 것을 보여 주는 예라면, 지금의 행동은 상대를 믿고 있다는 표시였다.

물론 한빈은 상대를 믿고 있지 않았다.

여차하면 튈 준비가 되어 있었다.

아마 상대도 한빈을 믿고 있지는 않을 것이 분명했다.

이곳이 그의 본거지이기 때문에 저리 태연할 수 있는 것이다.

지금 아쉬운 것은 한빈이었다.

이 배에 오른 것은 백경에 대한 실마리를 찾기 위해서다.

문제는 지금 한빈이 본 것이라곤 다과와 접시 그리고 텅 빈 갑판밖에는 없었다.

잠시 시답지 않은 선문답이 오갔다.

그때 백이 눈을 빛냈다.

"잠시만 기다리시죠. 제가 심부름을 보낸 아이가 도착한 모양입니다."

"나는 상관 말게."

한빈이 손을 내젓자 백은 살짝 고개를 숙였다.

그러고는 자리에서 일어나 배의 가장자리로 걸어갔다.

한빈은 그런 백을 바라봤다.

한빈은 지금 누군가 이곳으로 다가온다는 것을 느낄 수 있었다.

그것이 누구인지는 점점 짙어지는 만리추종향 덕분에 알 수 있었다.

지금 다가오는 자는 토끼 가면이 분명했다.

그 토끼 가면이 아니라면 그의 옷을 만진 자일 수도 있다.

어쨌든 최소한 토끼 가면과 관계가 있다는 말이었다.

만리추종향이 한빈의 코끝을 간지럽힐 때였다.

하얀 무복의 신형이 배 위에 내려앉았다.

배 위에 내려앉은 자는 여인이었다.

아직 스물도 되지 않은 외모는 화공이 정성 들여 그린 미인도와 흡사했다.

백이 그녀를 바라봤다.

"초아야, 왔느냐?"

"네, 장주님. 시키신 심부름은 모두 끝냈고 왔어요. 신경 많이 쓰이셨죠?"

"벌레에 물린다고 신경이 쓰이겠느냐? 다만 간지러울 뿐이지."

"그런데 저분은 누구세요?"

초아라 불린 여인이 노인으로 변장한 한빈을 가리켰다.

백이 아무렇지 않게 답했다.

"내 손님이다."

"손님이요?"

"그나저나 힘을 다 썼구나."

"네. 쥐새끼가 얼마나 날쌔던지, 힘을 다 썼어요."

"일단 요기부터 하거라."

백이 말하자, 초아가 한빈이 앉아 있던 곳으로 걸어왔다.

백이 한빈에게 물었다.

"같이 앉아도 되겠습니까?"

"좋을 대로 하게나."

한빈이 고개를 끄덕였다.

실로 완벽한 변장술이었다.

당시에는 토끼 가면의 얼굴을 확인할 수 없었다.

목소리만 듣고 노고수라 판단했었다.

이런 여인이라고는 한빈도 상상하지 못했었다.

"너도 앉거라, 초아야."

백이 남는 의자를 가리키자 초아가 자리에 앉았다.

그녀는 잠시 한빈을 바라보다가 전병에 눈을 돌렸다.

백과 초아의 관계는 마치 한빈과 설화의 관계와 비슷해 보였다.

초아는 시녀라기보다는 백의 오른팔과도 같은 존재인 것 같았다.

한빈은 그들의 대화에서 쥐새끼가 적룡대협을 뜻하는 것임을 눈치챌 수 있었다.

쥐를 잡았다는 것은 적룡대협의 죽음을 의미하는 것이 분명했다.

그때 백이 다시 손뼉을 쳤다.

짝.

그 소리에 돛이 올라갔다.

발판이 배 위로 딸려 들어왔다.

스르륵.

배가 나루터에서 떨어졌다.

오룡강의 거센 물살을 타고 배가 하류로 움직이기 시작했다.

모두가 눈 깜짝할 사이에 벌어진 일이었다.

한빈이 백을 바라보며 미간을 좁혔다.

"이게 무슨 짓인가?"

"원하시는 곳에 내려 드리겠습니다. 제 호의이니 걱정하지 마시지요."

백이 환하게 웃자 한빈이 물었다.

"원하는 곳이라니······?"

한빈의 질문이 끝나기도 전에 백이 말을 끊었다.

"노인장께서 원하시는 곳은 아마 삼도천이 아닐까 싶습니다만."

"삼도천이라?"

"이 배에 올라올 때는 삼도천을 건널 결심을 하셨을 것이 아닙니까? 청운사신."

그는 마지막 청운사신이란 단어에 힘을 주었다.

한빈이 입꼬리를 올리며 답했다.

"청운이라······. 어떻게 알았는지 신기하군."

"아까 운이라고 하시지 않았습니까? 운이라는 이름에 푸른 무복이면 청운사신밖에 더 있겠습니까?"

"어쨌든 알아봐 주니 고맙네."

"아침에 도를 깨치면 저녁에 죽어도 좋다는 중원의 말이 있듯, 지금 이 자리에서 삼도천을 건넌다고 해도 아쉬움은 없으실 테죠."

"내가 아쉬운 것은 의문을 풀지 못하고 이 세상을 뜨는 것일세."

한빈은 자리에서 일어나 허리를 꼿꼿이 세웠다.

한빈의 표정은 그 어느 때보다 진지했다.

마지막은 이렇게 되리라는 것을 알고 있었다.

"무엇이 궁금하십니까?"

"대체 백경의 정체가 무엇인가?"

"그냥 하늘이라고만 알아 두십시오."

"……."

한빈은 조용히 백을 바라봤다.

백은 더 이상은 대답해 줄 필요가 없다는 듯 고개를 저었다.

그들 사이에 무거운 침묵이 흘렀다.

그것도 잠시, 백이 고개를 돌리더니 초아를 바라본다.

"준비됐으면 일어나거라."

"아직 기력이 회복되지 않았네요, 장주님."

"받거라."

백이 하얀 호리병을 던졌다.

그것을 받은 초아가 호리병을 열었다.

호리병을 기울이자 조그만 환약 몇 알이 손바닥에 떨어졌다.

그들의 행동에 한빈이 고개를 갸웃했다.

가장 궁금한 것은 초아라는 여인의 무공이었다.

초아에게는 분명히 토끼 가면에 묻혀 놨던 만리추종향의
향기가 난다.

그런데 지금은 전혀 무공이 없는 사람처럼 보였다.

아마도 저 환약이 그 의문을 풀어 줄 것만 같았다.

초아라는 여인이 환약을 입 속에 털어 넣었다.

순간 초아의 기세가 바뀌었다.

쏴아아!

점점 강해지는 초아의 기세.

마치 둑이 무너져 물이 한 번에 쏟아지듯 기세를 뿜어냈
다.

이제 당시 토끼 가면의 무위가 느껴졌다.

환약이라?

의문이 고구마 줄기처럼 이어졌다.

하늘이라 한 백경.

거기에 무공을 높여 주는 환약.

그것도 일류 무사를 화경의 경지로 올려 주는 환약이
라……

한빈이 놀란 표정을 짓자 초아가 검을 뽑았다.

스릉.

검을 뽑은 초아가 기수식을 취했다.

그때 옆에 있던 백이 그녀에게 검을 던졌다.

휙.

반사적으로 검을 받은 초아가 눈을 크게 떴다.

백이 입가에 호선을 그리며 말을 이었다.

"그 검을 쓰거라."

"이건 장주님의 검 아니에요? 닭 잡는 데 소 잡는 칼을 쓰는 건 조금…….."

"호랑이는 토끼를 잡을 때도 눈을 깜빡이지 않는 법이다."

그들의 말에 한빈이 고개를 갸웃했다.

"갑자기 내가 닭과 토끼가 됐구려."

"그건 미안하게 됐습니다, 노인장."

백이 아무렇지 않게 웃었다.

순간 초아라 불린 여인이 한 발 앞으로 나왔다.

"이 검은 빙백검. 만년빙정을 깎아 만든 검이에요. 아마 고통은 없을 거예요."

"빙백검이라…….."

"들어 보셨군요?"

"처음 들어 보오."

"…….."

"그런데 나도 마찬가지네. 메뚜기를 잡는 데 칼을 쓸 수는 없는 법이 아니겠나?"

"그게 무슨 말이죠?"

"나는 이거면 충분할 것 같네."

한빈은 탁자에 기대 놓은 낚싯대를 들었다.

그 모습에 초아가 웃었다.

"픕."

"비웃는군."

"당신처럼 여유를 부리던 자도 얼마 전 죽었지요……. 심장이 꿰뚫린 채."

"누군지 몰라도 운이 없었군."

한빈이 피식 웃었다.

아마도 그녀가 말하는 사람은 적룡대협인 것 같았다.

상대를 속인 것은 확실하고 이제 마지막 한 수를 준비할 때였다.

한빈의 웃음에 초아가 미간을 좁혔다.

"능청맞게 웃는 모습이 마음에 들지 않는군요."

"이래 봬도 젊은 시절에는 제법 인기를 끌던 웃음이라네. 그런데 우리 내기 하나 하는 게 어떤가?"

"무슨 내기를 하자는 거죠?"

"내가 이기면 그 약을 내게 주게."

"내가 이기면요?"

"당연히 내 목숨을 주지."

한빈이 미소 짓자 초아가 말했다.

"청운사신이 제게 내기를 걸어오다니 놀랍네요."

"그만한 가치가 있으니까."

"당신의 위명은 귀가 따갑게 들었어요. 이제 당신을 제거

한다면 제 임무는 끝이 나는 거네요. 참, 이 약은 하늘의 선택을 받은 자만이 복용할 수 있는 거니 탐내지 마세요."

"탐낸다면?"

한빈이 묻자 초아가 피식 웃었다.

"뭐, 그렇다면 한번 시험해 보시든지요?"

말을 마친 초아가 검을 뽑았다.

한빈은 빙백검이라는 명칭에 대해서 이해가 되었다.

만년빙정으로 만들어졌다는 것은 허세이지만, 아직 검집에서 검을 뽑지 않았어도 한기가 스멀스멀 피어올랐다.

사실 한빈이 놀란 것은 빙백검이 아니었다.

빙백검의 한기를 완전히 통제하고 있던 백이라는 사내였다.

그의 손에 있었을 때는 한기가 조금도 느껴지지 않았다.

하지만 그의 손을 떠나자 빙백검이 한기를 배출하고 있는 것.

그녀가 검집에서 빙백검을 뽑으려 할 때였다.

한빈이 재빨리 낚싯대를 던졌다.

'백발백중!'

낚싯줄이 눈 깜짝할 사이에 빙백검을 향했다.

낚아챌 듯 날아오는 낚싯줄을 본 초아가 검집을 들었다.

순간 낚싯줄이 방향을 바꾸었다.

휙!

낚싯줄이 뱀처럼 휘어지자 초아가 검집을 비틀었다.

검집을 낚아채려 하는 듯 보였기 때문이다.

그때 다시 낚싯줄이 휘어졌다.

동시에 그녀의 허리에 있는 약병을 감았다.

스르륵.

한빈은 백발백중에 성동격서의 초식을 섞었다.

눈 깜짝할 사이에 한빈의 손에 하얀색 약병이 들어왔다.

한빈은 재빨리 약병을 품에 넣었다.

그러고는 탁자 위에 있는 술병을 잡았다.

백아주가 담긴 술병이었다.

한빈은 그 술병을 바닥에 던졌다.

쨍그랑.

순간 연기가 스멀스멀 흘러나온다.

보통 연기가 아니라 검은 연기였다.

연기가 갑판 위를 뒤덮을 때 한빈이 외쳤다.

"이건 서역에서 들여온 흑유에 먹을 섞은 연막이라네! 조금 있으면 가라앉을 걸세!"

"지금 무슨 짓이지?"

"이 연기가 가라앉고 나면 흑유와 먹물이 이 배에 눌어붙겠지. 내 예상대로라면 꽤 지저분해질 터. 아마도 백경이란 이름이 무색해질 것일세."

"……."

검은 연막 속 아무 대답도 들려오지 않았다.

대신 검을 뽑는 소리만 울렸다.

스르릉!

그 소리와 함께 검기가 휘몰아쳤다.

파바방!

휘몰아치는 검기는 검은 연기를 모두 잡아먹었다.

한빈은 태연하게 팔짱을 끼고 있었다.

그 모습에 초아가 물었다.

"지금 뭐 하는 짓인가요? 청운사신."

"강호에 이런 말이 있지……. 이가 없으면 잇몸으로 씹으라고."

"지금 미친 건가요?"

"누군가에게 물어보니 백경에 대해서 이런 말을 하더군."

"뭐라고요?"

"전설 속의 백경이란 문파는 티끌만큼의 오점도 남기지 않는다고."

"흠."

"그래서 오점을 남겨 주려고 선물을 준비했지."

한빈이 바닥을 가리켰다.

바닥에는 검은색 점이 곳곳에 묻어 있었다.

빙백검의 검기가 검은색 연기를 모두 흡수하지 못한 것이다.

한빈의 말은 전생에 정의맹 서고에서 본 것이었다.

순백을 추종하는 백경이 과연 어떻게 반응할까?

사실 이것은 한빈이 미리 준비한 것이었다.

토끼 가면조차 겨우 대등한 승부를 펼쳤다.

그런데 지금은 백이라는 사내가 옆에 있었다.

과연 목숨을 부지할 수 있을까?

거기에 대한 보험으로 한빈은 끈적거리는 연막탄을 준비
했다.

흑유로 만든 연막탄은 백아주가 든 호리병 밑에 숨어 있었
다.

그때 백이 소리 질렀다.

"즉살(卽殺)!"

짧게 외친 그는 흥분한 듯 눈빛이 떨리고 있었다.

청운사신이란 이름에도 담담하던 태도가 급격히 무너지고
있던 것이다.

그는 바닥에 묻은 흑유를 피해 뒤쪽으로 물러났다.

아무래도 결벽증이 있는 듯싶었다.

그에게 먼지 한 톨도 보이지 않았던 이유가 이해되었다.

더러운 것을 못 보는 결벽증이 백의 최대 약점인 것이다.

그것을 보완하기 위해 초아라는 시녀가 있는 것 같았다.

생각해 보면 유림 서원에 토끼 가면을 쓴 초아가 아니라
백이 왔다면 한빈의 목숨은 끝장났을 수도 있었다.

어찌 보면 불행 중 다행인 상황.

그때였다.

초아가 품에서 죽통을 꺼냈다.

꺼낸 죽통을 하늘 높이 던진다.

휙.

태양을 꿰뚫을 듯 올라가던 죽통이 터졌다.

팡!

포물선을 그리며 내려오는 하얀 불꽃.

아무래도 위기일 때 보내는 신호 같았다.

이제 한빈은 이곳에 남아 있을 이유가 없었다.

적이 오기 전에 튀는 것이 맞았다.

사실 아쉬운 점도 있었다.

한빈이 진정 아쉽게 생각하는 것은 바로 백이라는 사내의 몸에 빛나는 점이었다.

재미있게도 백색의 점과 투명한 점과 황금빛 점이 곳곳에서 일렁이고 있었다.

이건 구결을 품고 있는 광맥이라고 봐도 무방했다.

저런 자라면 연무장에서 온종일 검을 나눌 수 있었다.

하지만 지금 중요한 건 자신의 목숨.

여기에서 욕심을 내다가는 현생이 끝장날 수도 있었다.

저자를 마주할 때는 조금 더 수련한 뒤가 될 것이었다.

그때였다.

한빈은 묘한 분위기에 등골에 소름이 돋았다.

사방에서 살기가 느껴지기 시작한 것이다.

주변을 바라보니 선실에서 하얀 무복의 무사들이 줄줄이 걸어 나왔다.

거기에 더해 멀리 떨어져 있는 나루터에 하얀 무복의 무사들이 하나둘 몰려들었다.

한빈도 저리 많은 인원이 대기하고 있다고는 생각하지 못했다.

더욱이 기척을 완벽하게 숨긴 상태로 선실에 숨어 있었다는 것은 토끼 가면과 비슷한 경지라는 점이다.

한빈은 한숨을 쉬었다.

"휴."

"이제 포기하는 건가요?"

"포기해야지 어떻게 하겠나? 백경에 대해 알아보는 건 이만하고 그만 가 보겠네."

한빈은 조용히 돌아섰다.

순간 초아가 빙백검을 들고 한 발 앞으로 나왔다.

"어딜!"

내공이 담긴 외침이었다.

순간 한빈이 낚싯대를 바닥에 꽂았다.

낚싯대가 하얀 갑판을 뚫고 원래 그 자리에 있던 대나무처럼 일직선으로 섰다.

모두가 이상한 한빈의 행동에 놀랄 때였다.

한빈이 손가락을 튕겼다.

딱.

한빈의 손에서 작은 불길이 일었다.

그 불길이 낚싯줄에 옮겨붙었다.

낚싯줄을 타고 불꽃이 움직인다.

치지직.

낚싯줄이 도화선이 된 듯 타들어 가자, 모두가 뒤로 물러섰다.

한빈은 그들이 왜 물러서는지를 알고 있었다.

그것은 화약에 대한 두려움 때문이 아니라 더러움에 대한 두려움이었다.

한빈이 외쳤다.

"알아서 끄든지 말든지 나는 상관 안 하겠네!"

말을 마친 한빈은 몸을 날렸다.

휙.

그때 백과 초아가 달려들었다.

백도 달려들었다.

초아가 멀어지는 한빈을 향해 빙백검을 날렸다.

동시에 백이 타들어 가는 심지를 잘라 냈다.

초아의 빙백검이 한빈의 등에 가까워지려 할 때였다.

갑판에 박힌 낚싯대가 터졌다.

쿠아앙!

꿩음을 내며 선체가 불길에 휩싸였다.

갑판에 놓였던 하얀색 탁자가 허공으로 솟아오르더니 바로 떨어졌다.

팡!

그 불길은 배 위로 번져 나갔다.

이전에 바닥에 깔렸던 흑유에 불이 옮겨붙은 것.

한빈은 멀어지는 갑판을 바라봤다.

이어서 귓가에 청량한 소리가 울렸다.

첨벙.

한빈의 시야를 찰랑거리는 강물이 가렸다.

백경은 강 가운데 한빈을 남겨 둔 채 점점 멀어져 갔다.

처음에 확 일어났던 불꽃은 이내 잠잠해졌다.

화경급의 고수가 저리 모여 있는데 그깟 불 하나를 통제하지 못할 리는 없었다.

물론 흑유의 특성상 쉽게 꺼지지는 않았을 것이다.

한빈은 강 속에서 허공을 바라봤다.

[용안으로 구결을 확인합니다.]

[천급 구결 종(從)을 획득하셨습니다.]

[천급 - 유(類), 유(類), 종(從)]

이것은 뜻밖의 횡재였다.

마지막 폭발로 얻은 구결이었다.

어쨌든 한빈의 공격으로 백이 상처를 입은 것은 분명했다.

물속에서 한빈은 입맛을 다셨다.

"쩝, 아깝긴 하네."

이 말은 진심이었다.

낚싯대에 들어 있던 것은 사천당가의 당무천이 위급할 때만 쓰라고 준 화약인 뇌력탄이었다.

같은 크기라면 진천뢰의 열 배에 이르는 위력을 갖춘 폭탄.

그때였다.

한빈은 고개를 갸웃했다.

새로운 글귀가 눈앞에 나타났기 때문이다.

[단서를 발견했습니다. 지금 확인하시겠습니까?]

한빈이 조용히 고개를 끄덕이자 글귀가 바뀌었다.

[용린의 주인에게 알려 드립니다. 천급 초식 열 개를 모으면 다음 단계로 나아갈 수 있습니다. 강호에 흩어진 구결을 모으십시오.]

백경의 갑판 위.

백의 하얀 얼굴은 붉게 물들어 있었다.

그의 시선이 향한 곳은 자신의 소매였다.

소매에는 검은색 얼룩이 묻어 있었다.

얼룩을 확인한 그는 분을 참지 못하고 살기를 피워 냈다.

그의 주변에서 일렁이는 기운이 스멀스멀 피어났다.

그 옆에 있던 초아가 조심스럽게 손을 뻗었다.

"장주님⋯⋯."

"됐다."

백이 고개를 흔들자 초아가 말했다.

"청운사신은 제 손으로 없애겠습니다."

"그자는 청운사신이 아니다."

"그게 무슨 말씀이에요, 장주님?"

"그렇게 교활한 놈이 정파일 리가 없지 않으냐?"

"복장으로 봐서는 그자가 맞아요."

"아니다. 우리가 쫓는 걸 알 리도 없고 거기에 맞춰서 제 발로 걸어올 리는 더더욱 가능성이 없다. 그리고 그자는 내 약점을 정확히 알고 있었어."

백의 표정은 그 어느 때보다 진지했다.

아무리 생각해도 자신이 당했다는 생각밖에 들지 않았다.

분명 자신이 그를 낚았다고 생각했다.

하지만 알고 보니 자신이 낚인 것이 맞았다.

과연 그는 대체 누굴까?

백은 조용히 고개를 끄덕였다.

그가 누군지 알 것 같아서였다.

백의 표정을 본 초아가 물었다.

"그럼 대체 누군가요?"

"아마도 그들이 아닐까 싶다."

"그건 협정에서 벗어나잖아요."

"우리가 여기에 온 것도 협정에서 벗어나는 일이기는 매한 가지지. 백 년을 기다렸는데 내가 너무 성급한 것일 수도……."

백은 먼 산을 바라보며 미간을 좁혔다.

백이 조용히 먼 산을 응시하고 있을 때였다.

하얀 무복의 사내들이 배 위로 뛰어들었다.

그는 백에게 다가와 포권했다.

"장주님, 그자의 흔적은 없습니다."

"흔적이 남아 있을 리가 없지……."

"죄송합니다, 주군."

"자넬 탓하려는 게 아니네. 생각해 보게."

"……"

"흘러가는 강물에서 흔적을 찾기는 힘든 것이 자연의 법칙이네. 흐르는 세월 덕분에 우리 백경이 세상에서 잊힌 것도 마찬가지 이치지. 그러니 걱정하지 말게."

"감사합니다."

"대신 이곳은 깨끗이 치워 놓게!"

백은 주변을 가리켰다.

불은 완전히 꺼졌지만, 배 위에 그을음이 남아 있었다.

하얀 무복의 사내는 그을음을 보고 어깨를 살짝 떨었다.

백의 성격이 얼마나 괴팍한지 알고 있었기 때문이다.

갑판 위에 있는 그을음을 닦으려면 아예 배를 새로 만드는 편이 나을 수도 있었다.

그는 하얀색이라고 다 같은 하얀색이 아니라는 것을 백으로부터 깨달았다.

완벽한 하얀색이 나올 때까지 그는 갑판을 닦아야 했다.

그것은 전장에서 겪을 전투보다도 더 두려운 일이었다.

과연 어떤 방법을 써야 배를 본래의 색으로 돌려놓을 수 있을까?

사내는 선실 쪽으로 사라지는 백을 바라봤다.

백의 옷에 역시나 티끌 하나 남아 있지 않았다.

백의 발은 갑판에서 살짝 떨어져 있었다.

그는 먼지가 묻는 것이 싫어서 초상비(草上飛)의 수법을 항상 쓰고 있었다.

티끌이 묻는 것조차 싫어 항상 호신강기를 두르고 다니는 사람이었다.

백이 눈앞에서 사라지자 사내는 품 안을 뒤졌다.

그는 품에서 손수건을 꺼내 바닥의 그을음을 닦기 시작했다.

조용히 바닥을 닦으며 그는 오래전 일을 떠올렸다.

정확히는 몇 달 지나지 않은 일이지만, 그에게는 오래전 일들로 느껴졌다.

그의 이름은 위지천.

위씨세가의 직계였다.

하북에서의 일로 가문은 완벽하게 무너졌다.

앞으로 자신이 중원으로 돌아갈 기회가 있을까?

아마 당분간은 없을 터였다.

위지천은 이를 악물었다.

그는 이곳 백경에서 새로운 세상을 보았다.

이제까지의 강호에서 위씨세가는 뱀의 머리 역할을 했다.

그렇다면 지금은?

비록 이곳에서 차지하고 있는 그의 지위는 꼬리에 불과하지만, 백경은 용이었다.

용의 꼬리가 뱀의 머리보다 낫다고 위지천은 판단했다.

용이 꼬리를 한 번 흔들면 천 년 묵은 이무기가 나가떨어지는 것이 세상의 법칙이니까.

한빈과 백경의 격돌이 있고 난 뒤 반 시진이 지난 만향정.

설화는 팔짱을 끼고 멀리 있는 오룡강을 바라보고 있었다.

설화는 마치 석상이 된 듯 눈도 깜빡이지 않았다.

반 시진 전 멀리 불꽃을 보았기 때문이다.

설화의 모습에 청화가 물었다.

"언니, 왜 그래요?"

"공자님이 걱정돼서 그렇지."

"그런데 공자님은 어디 가신 거예요?"

"낚시하신다고 가셨는데……."

"공자님이 낚시하러 가셨다고요? 왜 저희를 두고 가신 걸까요? 저도 낚시 좋아하는데."

"아무래도 그 낚시가……."

설화는 말끝을 흐렸다.

갑자기 등 뒤에서 기척이 느껴졌기 때문이다.

고개를 돌려 보니 그곳에는 한빈이 웃고 있었다.

아무렇지 않게 웃고 있지만, 한빈의 모습은 분명 변화가 있었다.

청운사신의 푸른 도포는 벗어 던지고 본래의 붉은 무복을 입고 있었다.

거기에 외모도 원래대로 돌아와 있었다.

정자의 기둥에 기댄 채 한빈은 설화를 보고 있었다.

한빈을 살핀 설화가 다급히 물었다.

"다치신 곳은요?"

"없어."

"낚싯대는 어디 있어요?"

"물고기가 어찌나 큰지 낚싯대까지 물고 도망쳤지 뭐야."

한빈이 웃었다.

사실 반은 거짓이었다. 낚싯대를 놓고 도망친 것은 자신이니까.

한빈의 웃음에 설화가 작게 한숨을 토했다.

그때였다.

어디선가 새 한 마리가 날아왔다.

새는 설화의 어깨 위에 앉았다.

설화는 재빨리 새의 다리에 붙어 있는 전서 통을 뗐다.

그러고는 품속에서 조그마한 상자를 꺼냈다.

설화는 상자에 들어 있던 작은 벌레 하나를 새의 입에 넣어 주었다.

새가 벌레를 오물오물 씹자 설화가 말했다.

"그만 가도 좋아, 조조야."

꾸꾸.

새가 설화의 말을 알아들은 듯 고개를 끄덕이며 울었다.

설화가 손짓하자 새가 푸드덕 소리를 내며 날아올랐다.

그 새는 하오문의 영물인 조조였다.

매를 잡아먹을 정도로 힘이 좋으며 사람의 말을 알아듣는 다는 하오문의 영물.

본래는 백미랑이 정보를 받을 때 쓰는 영물이었다.

설화에게도 조조가 갈 수 있도록 백미랑이 훈련을 시킨 상태.

지금 조조가 하오문의 소식을 전해 온 것이다.

조조가 점이 되어 사라지자 설화가 전서 통을 확인했다.

전서 통을 확인한 설화가 다급하게 말했다.

"공자님, 빨리 돌아오시라는데요."

"그럼 빨리 만향각으로 출발하자."

"그게 아니라 유림 서원으로 돌아오시래요."

"유림 서원?"

한빈이 눈을 가늘게 떴다.

지금쯤이면 황궁에서 보낸 군사들이 유림 서원에 도착했을 터였다.

그런데 급히 돌아오라는 것은?

한빈이 예상치도 못한 일이 일어났음을 뜻했다.

미간을 좁힌 한빈이 말했다

"유림 서원으로 가자."

"네, 공자님."

말을 마친 설화가 소군의 허리를 잡았다.

한빈이 먼저 낙엽 밟는 소리를 내며 사라지자, 이어서 설화와 청화도 구결십팔보를 펼쳤다.

사사 삭.

유림 서원의 정문.

숨도 쉬지 않고 단숨에 유림 서원에 도착한 한빈은 눈을 크게 떴다.

금의위의 강유찬과 유림 서원의 장유중이 정문 앞에서 초조한 듯 기다리고 있었기 때문이다.

그들의 앞에 도착한 한빈은 숨을 돌릴 틈도 없이 물었다.

"대체 무슨 일입니까?"

"크, 큰일 났네. 유생들이 갇혀 있네!"

장유중이 다급한 눈빛으로 외쳤다.

"갇히다니, 그게 무슨 말씀입니까?"

"자네가 숨으라고 한 비동 속에서 아직 못 나오고 있네."

"비동 안이라면…… 만월경의 비동을 말씀하시는 건가요?"

"자네가 그러지 않았나? 다음 보름달이 뜰 때까지 나오지 못한다고 말이네. 그런데 그곳의 사정이 여의치 않은 모양이야."

장유중은 안타까운 눈빛으로 대나무숲이 위치한 곳을 바라봤다.

그 모습에 한빈이 입을 벌렸다.

사실 이것은 계산에 넣지 못한 상황이었다.

다음 보름달이 뜰 때까지 비동에서 못 나오는 것도 맞았다.

다만, 열쇠가 없다는 전제하에 말해 준 것이었다.

재미있는 것은 비동의 열쇠가 단검 만월이라는 점이다.

한빈은 이것을 장유중이나 제갈공려에게 말하지 않았다.

사실, 이것은 당시에는 최선의 선택이었다.

제갈공려와 장유중 일행은 불당에 있는 밀실에 숨어 있는 것이 가장 안전했다.

또한, 나머지 유생들은 비동에 숨어 있는 것이 가장 안전했다.

가장 위험한 상황은 비동에 있는 유생들이 밖으로 나오는 것이다.

만약 황궁에서 보낸 병사들이 오기 전에 그들이 나온다면?

또 다른 사건이 발생할지도 몰랐다.

지금은 금의위와 황군이 이곳을 장악하고 있다니 어찌 보면 다행이었다.

그들이 며칠간 비동 속에서 떨었던 것만 제외하면 말이다.

한빈이 빙긋 웃으며 말을 이었다.

"그건 제가 해결할 수 있을 것 같습니다."

"자네가 해결한다고……."

장유중은 눈을 크게 떴다.

다음 보름달이 뜰 때까지 문이 못 열 것이라고 했지만, 한빈이 중간에 비동의 문을 잠시 열었던 것을 기억한 것이다.

장유중이 놀란 것은 그것뿐이 아니었다.

과거 유림 서원의 전설에 의하면 이곳에는 옛 성현을 모신 숨겨진 사당이 있다고 들었다.

그 사당의 주인이야말로 유림 서원의 주인이라는 것이 전설의 서두였다.

장유중은 사당에 관한 이야기가 그저 상상의 산물이라 생각했다.

자신이 이곳에서 수십 년간 후학을 양성했지만, 숨겨진 사당은 찾을 수 없었기 때문이다.

그런데 얼마 전 그 사당을 찾은 것이다.

그 사당은 비동의 안에 있었다.

옛 성현들의 석상과 향로가 놓여 있던 곳은 분명히 사당이었다.

그곳을 마음대로 드나들 수 있다면 주인이라고 할 수 있지 않을까?

그 주인에 대한 예언이 전설의 끝에 나온다.

그것은 다름 아닌 그 주인이 유림과 황궁 그리고 중원을 구하리라는 이야기였다.

이 유림 서원의 학장을 맡은 자라면 누구나 알고 있는 전설.

장유중은 황당한 이야기로만 생각했던 전설을 눈앞에 마주하자 등에 소름이 돋아났다.

전설의 중간은 사람의 입을 거치며 대부분 소실되었다.

장유중은 전설의 중간 부분에 앞으로 중원에 닥칠 큰일들이 나와 있었을 것으로 생각했다.

즉, 숨겨진 사당의 주인이 존재한다는 것은 혈겁이 닥쳐올지도 모른다는 이야기였다.

다만 중간 부분에 천외천이란 단어만 전해질 뿐이었다.

장유중의 눈빛을 본 한빈이 말을 이었다.

"그들의 안전은 걱정하지 않으셔도 됩니다."

"내가 말하고 싶은 것은……."

장유중은 말끝을 흐렸다.

한빈에게 괜한 걱정을 안겨 주기 싫어서였다.

그때 한빈이 말을 이었다.

"일단 저는 비동에 있는 유생부터 꺼내겠습니다."

말을 마친 한빈은 바람처럼 자리에서 사라졌다.

사사 삭.

다음 날.

소호각에 모든 유생이 모였다.

금의위는 유림 서원의 구석구석을 뒤져서 실종된 유생을 찾아냈다.

유생으로 변장한 정체불명의 세력들은 모두 개봉으로 압송된 상태.

다행히도 진짜 유생들은 아무런 해를 입지 않은 채 발견되었다.

지금 소호각에서 금의위의 강유찬이 직접 그들을 하나하나 검사하고 있었다.

비동에서 나온 유생들은 어제 한곳에 모여 밤을 지새웠고, 이곳에서 본래의 얼굴인지를 검사하고 있었다.

그 검사를 돕는 것은 역시 한빈이었다.

강유찬의 옆에 있던 한빈이 최유지를 바라봤다.

"아 해 보시죠."

"아."

최유지가 입을 벌리자, 한빈이 고개를 끄덕였다.

"본인이 맞습니다."

"통과."

강유찬이 최유지를 향해 손짓했다.

모든 검사가 끝나자 강유찬이 말했다.

"노고수처럼 노련하다더니, 변장술에도 일가견이 있군. 팽 공자."

"아닙니다. 모든 게 어깨너머로 배운 잡기에 불과합니다."

"흠, 치아를 보고 사람을 구분한다는 생각은 나도 못 했네."

"강호에서 새로 유행하는 검사법입니다. 모든 것은 속여도 치아까지 속일 수는 없는 법이죠."

한빈이 씩 웃었다.

치아를 보고 구별하는 법은 생각보다 간단했다.

무림인의 치아는 유생들과는 전혀 달랐다.

항상 이를 악물고 수련하는 무림인들의 특성상 치아는 닳아 있기 마련이었다.

거기에 더해 손바닥에 박인 굳은살만 확인해도 유생인지 무림인인지 판단이 가능하다.

한빈의 웃음에 강유찬이 말을 이었다.

"하하, 내가 뭐 하나 물어봐도 되겠는가?"

"말씀하시지요."

"이번에는 어떤 선물을 받고 싶나?"

"선물이라니요?"

"효명 공주와 유림 서원을 구하지 않았나?"

"대가를 바라고 한 일은 아닙니다."

"대가를 바라지 않았지만, 그간 많은 선물을 받은 것은 사실이 아닌가? 이왕이면 원하는 선물을 받는 것이 좋지 않은가? 내 황제 폐하께 건의해 볼 테니……. 탁 터놓고 말해 보게."

"저는 그렇게 간 큰 사람이 아닙니다. 유림 서원에서의 인연이면 족합니다."

"이곳에서의 인연이라……."

강유찬이 말끝을 흐리며 주변을 바라봤다.

순간 강유찬의 눈이 커졌다.

중원일검(1)

강유찬이 놀란 이유는 간단했다.

유생들의 시선이 모두 한곳을 바라보고 있기 때문이었다.

그들 중 누군가가 한 걸음 앞으로 나왔다.

앞으로 나온 유생은 다름 아닌 양석봉이었다.

양석봉은 한빈에게 포권했다.

포권은 유생들이 쓰지 않은 강호의 인사법.

순간 다른 유생들도 똑같이 포권한 상태로 멈췄다.

그때 양석봉이 허리를 들었다.

양석봉은 의미심장한 눈빛으로 한빈을 바라봤다.

"구명지은(救命之恩)에 감사하네, 팽 유생."

뒤에 있던 모든 유생도 허리를 펴고 양석봉의 말을 따라

했다.

"구명지은에 감사드리오."

한 치의 오차도 없이 복창하는 모습이 마치 잘 훈련된 병사와 같았다.

한빈이 손을 내저었다.

"당연히 해야 할 일을 했을 뿐입니다, 양 유생. 그러니 예는 거둬 두십시오."

"아니오, 팽 유생."

"괜찮습니다."

"이건 우리의 마음이니 받아 주시오."

양석봉은 비장한 표정으로 유생을 나타내는 관을 벗었다.

관을 벗자 상투를 감싼 속관이 모습을 드러냈다.

유생은 모두 똑같은 방식으로 두발을 정리한다.

자신의 가문에서 가져온 천으로 상투를 정리하고 그 위로는 속관을 써서 상투를 가린다.

속관의 위에 유생의 신분을 나타내는 관을 쓰는 것이 유림 서원의 법칙이다.

속관은 모두 유림 서원에서 나눠 준 것이었다.

그 의미는 두 가지였다.

첫 번째는 유생 간에는 높고 낮음이 없이 평등하다는 것.

두 번째는 대나무와 같은 곧은 성품을 항상 유지하라는 뜻이었다.

한빈은 그들의 모습에 고개를 갸웃했다.

그들의 행동이 무엇을 의미하는지 알 수 없었다.

강유찬도 마찬가지였다.

그때 그들은 녹색의 속관을 벗어 바닥에 던졌다.

휙.

녹색의 속관이 힘없이 바닥에 떨어진다.

이제 천으로 동여맨 그들의 상투가 드러났다.

유생들은 상투를 동여맨 천을 풀었다.

휙.

천을 풀자 머리가 아래로 흘러내렸다.

순간 양석봉이 손을 내밀었다.

그의 손에는 상투를 동여맸던 천이 들려 있었다.

그 천은 사실 그리 볼품없었다.

평범한 하얀색 천이였다.

하지만 그 천에는 양석봉의 성씨가 쓰여 있었다.

정확히는 안휘양가라는 네 글자가 수놓아져 있었다.

"이걸 받아 주시오, 팽 유생."

"이건 무슨 의미입니까?"

한빈이 양석봉만 들릴 수 있게 속삭이듯 물었다.

이것은 어디선가 들어 본 관습이었다.

유생 신분으로 가문을 나타낼 수 있는 것은 이 머리끈밖에 없다.

이 머리끈을 준다는 것은 가문을 걸고 상대에게 은혜를 갚겠다고 선언한 것이라 들었다.

한빈이 질문을 던진 것은 그 의미를 확실히 하기 위해서였다.

정확한 의미를 알고 물건을 받는 것은 거래의 기본이었다.

한빈은 이 관습 자체가 거래라고 생각했다.

물론 한빈의 목소리는 사뭇 포근했다.

이전에 양석봉을 대하던 목소리와는 완벽하게 달랐다.

시선을 마주한 양석봉이 답했다.

"은혜를 갚겠다는 우리 가문의 표식이오. 그러니 이 증표를 받아 주시오."

정중하게 두 손을 내미는 양석봉.

한빈은 그 머리끈을 받았다.

이어서 유생들이 하나둘씩 한빈을 향해 걸어왔다.

"내 것도 받으시오. 산서최가의 증표요."

"귀주의 조가도 팽 유생의 은혜를 입었소."

유생들은 한 명도 빼놓지 않고 그들의 증표를 건넸다.

한빈은 그 증표를 차곡차곡 정리했다.

머리끈은 무명천으로 된 것부터 비단으로 된 것까지 다양했다.

위세를 나타내기 위해서인지 어떤 끈은 천잠사로 가문의 이름을 수놓은 것도 있었다.

이를 지켜보던 강유찬은 속으로 혀를 찼다.

사실 그는 이곳에서 해야 할 일이 산더미였다.

그런데 지금 진행되는 행사는 도저히 막을 수 없었다.

강유찬이 봐도 그들의 행동은 순수했으며 경건했다.

마치 옛 성현을 위해 봉향하는 모습과도 같았다.

유생들이 모두 머리끈을 전하자 양석봉이 앞에서 포권했다.

"다시 한번 감사드리오, 팽 유생."

"이런 인연을 만들어 주신 천지신명께 감사드립니다. 옛말에 친우만큼 더 큰 아군은 없다고 하지요. 앞으로는 여러분과 제가 관중과 포숙의 인연을 나누었으면 좋겠습니다."

관중과 포숙은 강호인뿐만 아니라 유생들도 인정하는 친우의 좋은 예였다.

오죽하면 관포지교라는 말도 있지 않은가.

한빈도 그들을 향해서 포권했다.

고개를 든 한빈이 자신의 관을 벗었다.

그들과 똑같이 속관까지 벗은 한빈이 머리끈을 풀었다.

순간 앞에 서 있던 양석봉이 깜짝 놀라 말했다.

"팽 유생, 지금 그게⋯⋯."

그는 말을 잇지 못했다.

한빈이 갑자기 검을 들었기 때문이다.

물론 단검 만월이었다.

단검이지만 만월은 기묘한 예기를 뻗어 냈다.

그 냉랭함 앞에, 양석봉은 한 걸음 뒤로 물러났다.

한빈은 자신의 머리끈을 허공에 던졌다.

머리끈이 나풀거리며 천천히 내려온다.

만월을 잡은 한빈의 손이 꿈틀했다.

하지만 만월은 검집에서 뽑혀 나오지 않았다.

양석봉은 고개를 갸웃했다.

그가 보기에 한빈은 떨어지는 머리끈을 자르려 한 것 같았다.

하지만 한빈은 그저 움찔했을 뿐, 아무런 행동도 하지 않았다.

나풀거리던 한빈의 머리끈이 바닥에 떨어졌다.

양석봉이 보기에 그저 머리끈을 떨어뜨린 것밖에는 없었다.

아무리 봐도 아무런 변화도 없었다.

그때 한빈이 말했다.

"제가 드릴 증표가 하나밖에 없어, 부득이하게 손을 썼습니다."

"……."

양석봉은 그저 고개를 갸웃했다.

땅에 떨어진 한빈의 머리끈은 여전히 하나였다.

손을 썼다는 말 자체가 이해되지 않았다.

잠시 정적이 감돌고 강유찬이 나섰다.

"팽 공자, 잠시 나 좀 보세."

"네. 알겠습니다, 대인."

한빈 일행은 소호각을 빠져나갔다.

점이 되어 사라진 한빈 일행을 보던 양석봉이 조용히 바닥에 떨어진 머리끈을 바라봤다.

양석봉이 고민하는 것은 한빈의 행동이 무엇을 의미하느냐가 아니었다.

한빈이 남긴 증표를 어떻게 나누느냐였다.

그때 최유지가 그의 옆에 다가왔다.

"양 유생, 왜 그러나?"

"팽 공자가 우리에게 이걸 증표라고 남기고 갔다네. 그런데 보시다시피 딱 하나밖에 없다네. 이걸 누가 가져가야 될지 모르겠네."

그 말에 다른 유생들도 다가왔다.

모두가 말없이 한빈이 남긴 머리끈을 바라봤다.

섣불리 자신의 것이라고 우길 수는 없었다.

한빈이 남긴 증표는 그만큼 의미가 컸다.

모두가 머뭇거리고 있을 때, 최유지가 양석봉을 가리켰다.

"일단 자네가 보관하고 있게."

"내가 보관하라고?"

"팽 유생과 가장 먼저 만난 것이 자네가 아닌가? 우리도 그걸 인정해서 자네를 유생 대표로 정한 것이고."

"흠."

양석봉이 어색하게 헛기침했다.

그는 실질적인 유생 대표를 맡았다.

최유지와 경합을 벌여서 따낸 자리가 아니었다.

한빈과 가장 먼저 만났다는 이유 하나만으로 유생들이 준 자리였다.

잠시 머리끈을 보던 양석봉이 할 수 없다는 듯 허리를 숙여 머리끈을 잡았다.

그 순간 양석봉의 눈이 커졌다.

"이게 대체……."

한빈은 그들을 뒤로하고 소호각에서 빠져나왔다.

강유찬이 별도로 전할 게 있다고 해서였다.

소호각을 빠져나와 인적이 드문 담벼락 아래에 도착하자 강유찬이 말했다.

"자네의 인간미 넘치는 모습은 처음 보는군. 안 보는 사이에 많이 변했네그려."

"저는 변한 게 없습니다, 대인."

"허허, 나는 그 말에 동의하지 못하네. 내가 보기에 자네는 한 단계 더 성장했네. 무공을 얘기하는 게 아니라는 것을 자네도 알겠지?"

"네, 물론 알고 있습니다. 하지만 변한 것은 아닙니다. 제가 가지고 있던 본래의 품성을 보여 줬을 뿐입니다. 본래 실력의 삼 할은 숨기는 법 아니겠습니까?"

"삼 할이나 숨긴다고?"

"뭐, 저는 조금 더 많이 숨기는 편이죠. 제 품성도 숨겼다고 보시면 됩니다, 대인."

"허허, 그런가……. 나는 자네가 그깟 형식적인 인사에 감동할 줄은 몰랐다네."

"형식이 아니라 그들의 마음이지요."

"그렇군."

너무나 태연하게 얘기하는 한빈의 모습에 강유찬은 혀를 찼다.

사실 강유찬은 한빈이 형식적인 증표를 보고 진심으로 기뻐할 줄 몰랐다.

강유찬이 바라보는 한빈은 증표 대신 계약서를 받아야 만족할 위인이었다.

그런데 증표만 받고 그들에게 진심으로 감사를 표한다?

강유찬이 이전에 봤던 한빈으로는 상상도 할 수 없었다.

그렇다고 한빈이 장사치 같다는 것은 아니었다.

한빈이 행한 모든 일은 대의에서 벗어나는 일이 없었다.

거기에 적절한 보상을 얻을 뿐이었다.

하지만 이번에는 그들의 목숨을 구하고도 별다른 보상을 바라지 않았다.

보상이라고는 그들이 자발적으로 전한 증표밖에 없었다.

사실 이 증표도 대단한 것이긴 했다.

유생의 머리끈은 가문을 나타내는 유일한 표식이었다.

문제는 유생 하나하나가 가문을 대표할 처지는 아니라는 것이다.

그 증표를 통해서 조금의 도움을 받을 수 있겠지만, 그 이상은 가문의 어른들이 결정할 일이었다.

거기에 한빈도 그들에게 증표를 주었다.

이것은 서로 공평하게 은혜를 교환한 것이 된다.

아무리 생각해도 이번 일은 이해가 되지 않았다.

잠시 어색한 침묵이 맴돌 때, 설화가 물었다.

"공자님, 머리끈들은 어떻게 할까요?"

"가문하고 계약서하고 맞춰서 보관해 놔."

"네! 딱 맞춰서 보관해 놓을게요, 공자님."

"그래. 고맙다, 설화야."

그들의 대화에 강유찬이 눈을 크게 떴다.

"계약서라니, 그게 무슨 말인가?"

"한참 전에 유생들과 내기를 한 게 있습니다. 그때 제가 필요한 계약서를 챙겼습니다. 왜 그렇게 놀라시죠?"

"아, 아무것도 아닐세. 혹시 하나만 더 물어봐도 되겠는가?"

"네. 말씀하시죠, 대인."

"아까 머리끈을 준 의미는 무엇인가?"

"아, 그건 별 의미 없습니다."

"의미가 없다라면……."

"제 머리끈은 정확히 오십 분의 일이지요."

"흠, 그 정도 되는 것으로 봤네."

강유찬은 당시 일을 떠올렸다.

한빈은 떨어지는 머리끈을 정확히 오십 등분으로 잘랐다.

물론 강유찬이기에 볼 수 있던 한 수였다.

무공을 모르는 자의 눈에는 그저 움찔한 것으로 보일 터.

단검을 검집에서 빼 들었다는 사실조차 모를 터였다.

강유찬의 호기심 어린 표정에 한빈이 답했다.

"어찌 머리끈의 오십 분지 일과 온전한 하나가 같을 수 있습니까? 은혜는 그 크기만큼이지요."

"허."

강유찬이 입을 벌렸다.

한빈의 말은 합리적이었다.

마음은 나눴지만, 그 양은 동일하지 않다는 말과도 같았다.

강유찬은 고개를 돌리고 표정을 수습했다.

거기에 한빈이 전혀 변하지 않았다는 것에 동의할 수밖에 없었다.

강유찬은 조용히 한빈을 바라봤다.

그 모습이 어찌나 진지한지 한빈이 조심스럽게 물었다.

"무슨 일입니까? 대인."

"이걸 받게. 이건 공주 마마의 서찰일세."

"공주 마마의 서찰이라고요?"

한빈의 손에는 벌써 서찰이 들려 있었다.

서찰을 받은 한빈이 무릎을 꿇었다.

황족에게 받은 하사품에는 어찌 되었든 예를 취하는 게 법도였다.

그때 강유찬이 다급히 한빈을 일으켰다.

"참, 예는 차리지 말라고 한 공주 마마의 분부가 있었네. 일어나게."

"그럼 편히 읽겠습니다."

한빈은 조용히 서찰을 펼쳤다.

서찰을 읽던 한빈의 표정이 변화무쌍했다.

서찰의 내용은 뜬금없었다.

신선 오라버니를 보호할 힘이 필요하다고 느꼈다고 한다.

거기에 더해 그 힘을 얻는 순간까지 폐관 수련에 들어가기로 했다고 했다.

서찰은 기다려 달라는 마지막 말로 끝을 맺었다.

상당히 다급하게 쓴 흔적이 보인다.

마치 납치당하기 전 부랴부랴 썼다는 상상까지 들 정도였다.

같은 시각 황궁으로 향하는 마차.

효명 공주는 뚱한 얼굴로 상대를 노려보고 있었다.

그녀가 노려보고 있는 상대는 조미였다.

조미는 효명 공주가 어렸을 때부터 옆에 있었던 시녀.

말이 시녀지, 효명은 그녀가 마치 큰누이같이 느껴졌다.

조미가 효명을 대하는 것도 마찬가지였다.

이번 일로 효명은 황궁으로 바로 끌려가고 있었다.

한빈과 인사를 나눌 새도 없이 끌려가고 있는 효명은 지금 조미에게 단단히 삐진 상태였다.

효명의 눈빛을 본 조미가 말했다.

"공주 마마, 그런 눈빛 저한테는 안 통해요. 이제는 당분간 황궁에서 못 나갑니다. 그리고 폐관 수련이 뭔가요? 공주 마마가 무림인도 아닌데 그렇게 적어 놓으면 헷갈리실 거 아니에요?"

"그럼 어떻게 해. 내게 금족령이 내려졌다고 알게 되면 신선 오라버니가 걱정하실 것 같아서……."

효명은 말끝을 흐리며 마차의 뒤를 바라봤다.

마차의 뒤는 막혀 있지만, 그 방향에는 유림 서원이 있었다.

그 모습에 조미가 기가 차다는 듯 물었다.

"그리고 신선 오라버니가 또 뭐예요? 그냥 팽 공자 아닌가요?"

"그렇게 이름 부르지 마, 조미."

"그건 왜요?"

"이름을 막 부르면 신비함이 사라지잖아. 신선 오라버니는 내게 그런 존재야."

"아, 공주 마마. 황궁으로 돌아가면 당분간은 납작 고개를 숙이셔야 해요."

"인사라도 한번 하고 왔으면 좋았을걸……."

"그래도 편지 쓸 시간은 줬잖아요."

"시간이 모자랐단 말이야, 조미."

그때였다.

말발굽 소리가 마차 쪽으로 다가왔다.

따가닥. 따가닥.

그 소리에 효명 공주가 표정을 굳혔다.

사실 지금 조미에게 응석을 부리긴 해도 며칠 전까지 상상도 할 수 없는 일을 겪었던 효명이었다.

그때는 한빈이 옆에 있었기에 안심하고 있었다.

어떻게든 그가 자신을 구해 주리라는 믿음이 있었다.

하지만 밀실에서 한빈이 사라진 후 효명은 두려움이 점점 커졌다.

밀실에서 지내는 동안 그녀는 한숨도 자지 않았다.

아예 눈도 깜빡이지 않았다. 극도의 두려움 때문이었다.

급기야는 제갈공려가 그녀의 수혈을 점하고서야 잠이 들었다.

지금도 그 두려움은 똑같다.

어릴 때 얻은 병으로 생사의 고비를 넘긴 적이 한두 번이 아니었다.

하지만 그때의 두려움과 무림의 고수들이 주는 두려움은 차원이 달랐다.

가장 큰 두려움은 죽음을 준비할 시간을 주지 않는다는 점이었다.

거기에 더해 천산혈랑의 내단으로 인해 얻은 생명이 날아간다고 생각하니 삶에 대한 집념은 더욱 커졌다.

점점 가까워지는 말발굽 소리에 조미는 효명의 옆에 붙었다.

그러고는 그녀를 꼭 안았다.

"진정하세요, 공주 마마. 아마도 진 호위일 겁니다."

"진 호위?"

"말발굽 소리가 조금 다르잖아요."

"혹시 조미도 무공을 배웠어?"

"제가 무슨 무공을 배워요."

조미는 손을 내저었다.

그때 밖에서 굵직한 목소리가 들렸다.

"소인, 진대명입니다."

"거봐요. 내 말 맞죠?"

말을 마친 조미는 마차의 창에 드리워진 천을 걷어 냈다.

그곳에는 서른 중반의 무사 하나가 마차와 속도를 맞춰 말을 몰고 있었다.

그를 확인한 조미가 물었다.

"진 호위님, 무슨 일이시죠?"

"현비 마마의 서찰을 가져왔습니다."

"일단 주시죠."

"여기 있습니다."

진대명은 두 손으로 서찰을 전달했다.

말고삐를 놓았지만, 말은 진대명의 마음을 알고 있다는 듯 마차와 속도를 맞추었다.

조미는 그 서찰을 공손히 받았다.

인장을 확인한 조미는 효명 공주에게 서찰을 건넸다.

그러고는 천으로 창문을 가렸다.

그때 진대명의 목소리가 들렸다.

"잠시만 기다리십시오, 조미 소저."

자신을 부르는 말에 조미가 천을 걷었다.

천을 걷자 환하게 웃고 있는 진대명의 얼굴이 눈에 들어왔다.

조미는 그 모습에 고개를 갸웃했다.

진대명은 아무렇지 않게 말끔한 주머니 하나를 건넸다.

평범한 천으로 만든 주머니였다.

진대명은 그것을 전하고는 작게 고개를 숙였다.

"전병입니다. 앞마을에서 사 왔습니다. 마차에서 드십시오."

"고마워요."

말을 마친 조미는 다시 천을 내렸다.

그 모습에 효명이 물었다.

"조미는 왜 그래?"

"제가 뭘요? 공주 마마."

"진 호위가 얼마나 무안하겠어?"

"그 사람이 왜 무안해요?"

"딱 봐도 조미를 좋아해서 저러는 거잖아."

"에이, 저는 공주 마마를 모시는 시비고 그 사람은 현비 마마를 모시는 호위예요."

"언제까지 내 옆에 있을 거야?"

"죽을 때까지요."

"제발 그러지 마, 조미."

"그게 무슨 말이에요?"

"나는 크면 신선 오라버니한테 시집갈 거야. 조미는 빨리 진 호위 낚아채."

"앗, 대체 그게 무슨 말이에요? 진 호위와 저는 아무 사이도 아니에요."

"아무 사이도 아니긴, 왜 모른 척하고 그래. 얼굴이 빨개졌네."

효명이 조미의 얼굴을 가리켰다.

자신의 얼굴을 만진 조미는 황급히 화제를 돌렸다.

"일단 그 서찰부터 확인하세요."

"아, 보나 마나 뻔한데……."

"그래도 확인해 보셔야죠. 폐하께 덜 꾸중을 들을 방책이라도 적혀 있을지 누가 알아요?"

"에이, 그런 게 어디 있어?"

말은 그렇게 했지만 효명은 자연스럽게 서찰을 펼쳤다.

서찰의 내용을 확인하던 효명의 표정이 갑자기 굳었다.

그러고는 조미를 바라봤다.

갑작스러운 상황에 조미가 다급하게 물었다.

"대체 무슨 내용이기에 그러시는 거예요?"

"내용이 이상해서 그러지. 내가 상 받을 일을 한 거야?"

"상이요?"

"여기 적혀 있잖아. 폐하께서 상을 내리기로 했으니 걱정하지 말라고 말이야. 이거 내가 도망갈까 봐 어마마마가 거짓말한 건 아니겠지? 조미."

"그건 저도 잘……."

조미도 고개를 내저었다.

아무리 생각해도 불가능한 일이었다.

말도 없이 나가서 죽을 뻔했는데, 공을 세웠다고 할 수 있을까?

순간 조미는 눈을 가늘게 떴다.

뭔가 한 가지 가능성이 떠올랐기 때문이다.

소호각에 남은 유생들은 천 조각을 하나씩 받아 들었다.

그러고는 눈물을 글썽였다.

그들은 조용히 천장을 바라봤다.

촉촉한 자신의 눈을 숨기기 위해서였다.

모든 유생이 천장을 바라보는 모습은 마치 수십 마리의 새끼 새가 모이를 받아먹기 위해 목을 길게 빼는 광경과도 같았다.

지금 막 소호각에 들어온 제갈공려는 그들의 그런 모습을 보고 황당했다.

제갈공려는 가장 앞에 있던 양석봉에게 다가갔다.

"양 유생, 무슨 일이죠?"

"팽 유생 때문에 그럽니다, 제갈 학사님."

"혹시 팽 유생이 때렸나요?"

"허, 그런 일이 아닙니다. 팽 유생이 저희에게 증표를 주었습니다."

"아."

"이것 보십시오."

양석봉이 머리끈 조각을 내밀었다.

제갈공려는 지금의 상황이 어떻게 된 것인지 파악했다.

"은혜의 증표를 교환했군요."

"네, 하나밖에 없으니 이렇게 공평하게 나누어 주었습니다. 저는 팽 유생이 그렇게 고수인지 처음 알았습니다."

"호호, 팽 유생이 조금 실력이 있는 편이긴 하죠."

제갈공려가 머리끈 조각을 가리켰다.

사실 머리끈을 베어 낸 한 수에 제갈공려도 적잖게 놀라고 있었다.

그것은 토끼 가면과의 대결보다 더 놀라웠다.

천을 베어 낸 한 수에는 수만 가지 변화를 담고 있음을 제갈공려는 알 수 있었다.

제갈공려는 이제까지 한빈에 대해 조사했던 내용을 모두 지워야 했다.

사실 제갈세가에서는 한빈을 하북팽가에서 키운 비밀 병

기라고 생각하고 있었다.

하지만 이곳에 와서 내린 결론은 달랐다.

하북팽가에서는 사 공자와 같은 고수를 길러 낼 수 없다는 것이다.

하북팽가는 그럴 역량이 되지 않았다.

이렇게 생각하는 근거는 간단했다.

검날을 세우기 위해서는 어떤 과정이 필요할까?

가장 먼저 필요한 것이 연마석이었다.

강철을 갈아서 날을 세우기 위해서는 강철이 갈려 나갈 정도의 연마석이 필요하다.

나무로 검날을 세울 수는 없는 일.

하북팽가에는 팽한빈이라는 검날을 세울 연마석이 없었다.

정의맹의 군사로 있는 그녀의 오라버니가 이야기하기로는, 정의맹에서도 도움을 준 적이 없다고 한다.

그렇다면?

하늘이 내린 기연을 받은 것이 분명했다.

제갈공려는 앞으로 그 기연을 조사해 보기로 했다.

그때 양석봉이 물었다.

"제갈 학사님은 팽 유생과 잘 아시는 사이입니까?"

"뭐, 인연이 있지요."

"혹시 팽 유생에게 정인이 있습니까?"

제갈공려는 그 질문에 고개를 갸웃했다.

사실 황당한 질문이었다.

순간 제갈공려는 따가운 시선을 느끼고 주변을 바라봤다.

다른 유생들도 제갈공려의 입술이 떨어지기를 기다리고 있었다.

제갈공려는 이게 무슨 상황인지 모르지만, 일단 답해 주기로 했다.

"내가 알기로는 없어요."

"감사합니다, 제갈 학사님."

양석봉이 정중히 고개를 숙였다.

제갈공려의 고개가 한 단계 더 기울어졌다.

오늘따라 양석봉의 눈빛이 더욱 빛난다고 느껴졌기 때문이다. 물론 다른 유생들의 눈빛도 똑같았다.

⚜

같은 시각.

서찰을 다 읽은 한빈의 모습에 강유찬은 고개를 끄덕였다.

그는 만감이 교차하는 듯 한빈을 바라보고 있었다.

비록 화산파를 떠나서 황궁에 몸을 담고 있지만, 강호의 사소한 일까지 모두 그의 귀에 들어온다.

과연 무림 역사상 단기간에 이렇게 많은 사건에 연관되었던 인물이 있었을까?

강유찬은 단연코 그런 인물은 하북팽가의 사 공자 하나라고 말할 수 있었다.

사실, 이제까지의 모든 일들보다 이번 일에 대한 의미가 컸다.

그것은 금의위가 황제의 명을 받아서 쫓던 조직을 일망타진했기 때문이었다.

그 조직을 쫓은 지 벌써 수십 년이 지났다.

조사가 완벽하게 끝나면 아마도 상상도 할 수 없는 상이 내려질 것이었다.

물론 하북팽가의 사 공자에게도 자세한 내용을 설명할 수는 없었다.

그것은 황궁의 비밀과 관련된 일이니 말이다.

그때였다.

한빈의 손에서 불길이 일어났다.

화르륵.

순식간에 서찰이 불타오르자 손 위에는 재만 남았다.

"그게 대체 무슨 짓인가?"

"화근을 없애기 위함입니다."

"어찌 공주 마마의 서찰이 화근이란 말인가?"

"이 서찰이 남게 되면 강호의 은원에 공주 마마가 휘둘릴지도 모릅니다. 그러니 그런 화근은 없애야겠지요."

"허허, 생각이 깊구먼."

강유찬은 감탄했다.

이런 면에서 강유찬은 한빈을 좋아하고 있었다.

항상 정도를 걷는 한빈이었다.

그중에서도 가장 중요한 것은 그 선택이 합리적이라는 점이었다.

그것은 감정을 숨기고 상대를 챙기는 모습이었다.

한빈은 강유찬을 보며 작게 웃었다.

"하하."

사실 복잡한 감정이 담긴 웃음이었다.

한빈이 서찰을 태운 이유는 따로 있었다. 이제까지도 그랬지만, 앞으로도 황궁과는 엮이고 싶지 않았다.

잘못해서 깊숙이 들어갔다가는 강호와 황궁 중 선택해야 할 날이 올지도 몰랐다.

거기에 더해 황궁의 법도는 한빈에게 맞지 않은 옷과도 같았다.

강유찬과 한빈이 서로 다른 감정을 숨기며 웃고 있을 때였다.

강유찬이 고개를 갸웃했다.

"매화……."

살짝 말끝을 흐린 강유찬이 어딘가를 바라봤다.

그의 말을 한빈이 받았다.

"태극의 기운도 느껴지는군요."

"그렇다는 건?"

"화산과 무당이란 얘기지요."

말을 마친 한빈도 담벼락 너머를 바라봤다.

담장을 넘어 두 신형이 날아왔다.

휙. 휙.

둘은 한빈의 앞에 나비처럼 가뿐히 착지했다.

순간 그들 중 하나가 나오더니 강유찬을 향해서 포권했다.

"사숙 어르신, 인사드립니다."

"그래, 자네도 잘 지낸 것 같군. 매화검협."

"놀리지 마십시오, 사숙."

사내는 다시 공손히 손을 모았다.

손을 모으자 그의 소매가 펄럭이며 만개한 매화 꽃잎이 찰랑거린다.

그는 다름 아닌 화산파의 매화검수 서재오였다.

한빈과 만나며 소매에 수놓아진 매화가 계속 늘어난 운 좋은 사내.

이제는 세상에 매화검협이라는 별호로 더 잘 알려진 사내가 바로 서재오였다.

그때 옆에서 누군가 헛기침한다.

"흠."

모두의 시선이 그에게 모였다.

순간 강유찬이 그에게 포권했다.

"현문 대협! 오랜만에 뵙겠습니다."

"험, 이제야 나를 봤군."

"아닙니다. 사질을 오랜만에 보니 잠깐 감회에 젖어서 실수했습니다."

강유찬이 활짝 웃자 현문이 손을 저었다.

"예의는 차리지 말게."

"죄송합니다, 현문 대협."

강유찬이 다시 한번 정중히 고개를 숙였다.

이것은 마치 서열이 철저히 지켜지는 동물의 왕국과도 비슷했다.

그도 그럴 것이 이 자리는 배분과 나이가 명확했다.

정확히는 현문이 이곳의 최고 어른이었다.

거기에 한 성깔 하기로 소문난 사람이 바로 현문이었다.

하도 사고를 치자 무당에서도 도를 깨치기 전에는 돌아오지 말라 내보낸 희대의 사고뭉치.

강유찬의 어깨가 살짝 떨렸다.

표정에서 티를 내지는 않았지만, 본능적으로 몸이 반응하고 있었다.

무당 장문의 사제이기도 한 현문은 강유찬조차 껄끄러워하는 존재였다.

강유찬이 긴장하고 있을 때, 현문이 무표정하게 한빈을 바라봤다.

한빈은 조용히 시선을 피했다.

현문이 왜 그렇게 정색하며 자신을 바라보는지를 알고 있기 때문이었다.

한참을 바라보던 현문이 물었다.

"팽 공자가 가는 길에 이리 피바람이 부는 이유는 무엇인가?"

"아마도 바람 잘 날 없는 나뭇가지인가 봅니다."

"나뭇가지라……."

"나뭇가지가 어찌 혼자 움직이겠습니까?"

"……."

"가만히 있으려 해도 바람이 불어 흔들고 지나가는 걸 제가 어쩌겠습니까?"

"내 사형도 자네가 이럴까 봐……. 사천당가에 칠 년 동안 머물라 한 것이거늘!"

"나무는 뿌리를 내리려고 했지만, 목수가 나무를 베어 옮겼습니다."

한빈이 씩 웃었다.

한빈은 가만히 있으려고 했지만, 가문과 황제가 자신을 옮겼다는 말이었다.

"허허, 우문현답이라고 해야 하나? 도사보다 더 도를 잘

아는구먼."

"현문우답으로 해 두시죠."

"겸손은 고맙네만, 이번 일은 경솔했네. 사형의 부탁을 자네는 지켜야 했네."

"앞으로는 조용히 있겠습니다."

"흠. 자네는 내 은인이라는 걸 잊지 말게. 만약에 자네에게 해를 가하는 자가 있다면 우리 무당은 좌시하지 않을 걸세."

"감사합니다."

한빈이 살짝 고개를 숙였다.

그들의 대화에 강유찬이 긴장한 듯 눈을 가늘게 떴다.

한빈과 무당파 사이에 끈끈한 정이 느껴졌기 때문이다.

여기까지 생각하자 위기감이 등줄기를 타고 스멀스멀 올라왔다.

강호란 어떤 곳일까?

가장 기본적인 것이 강자존의 법칙이다.

강한 자는 살아남고 약한 자는 도태된다.

이것은 구대문파에도 적용된다.

오래전에는 화산이 무당의 위라는 얘기가 돌 때도 있었다.

하지만 지금의 평가는 무당의 아래였다.

비록 강유찬이 화산을 떠나 황궁에 몸을 담고 있긴 하지만, 그렇다고 화산파에 대한 애정이 식은 것은 아니었다.

화산파는 자신의 고향과도 같았다.

그런데 화산파가 무당파에 밀린다는 생각이 들자 참을 수 없었던 것.

무당이 좋은 것을 다 차지한다고?

물론 여기서 좋은 것이란 한빈이었다.

한빈은 누가 봐도 장래의 천하제일인이 될 자였다.

앞으로 이십 년? 아니 십 년 뒤면 천하제일인이 될, 강호가 인정할 재능을 가진 인재였다.

지금 상황만 보면 한빈을 무당파에 빼앗기는 분위기였다.

거기에 무림 최고 배분에 속하는 현문이 한빈을 팽 공자라 칭했다.

보통은 말을 낮추면서 자네 혹은 소협이라 칭해야 마땅했다.

강유찬은 이를 악물었다.

그는 재빨리 서재오에게 눈짓했다.

그들의 대화에 끼어들라는 신호였다.

갑자기 눈빛이 바뀐 강유찬의 모습에 서재오는 적잖게 당황했다.

하지만 눈치 하나는 백 단인 서재오였다.

상인 가문에서 물려받은 눈치는 매화검수가 되었다고 사라진 것이 아니었다.

서재오가 헛기침했다.

"흠."

덕분에 대화는 잠시 끊겼다.

현문이나 한빈 모두 서재오를 바라봤다.

고개를 갸웃한 한빈이 물었다.

"무슨 일이십니까? 매화검협."

"우리 화산도 확실히 해 두고 싶습니다, 팽 공자."

"그게 무슨 말인지요?"

"우리 화산도 팽 공자의 편입니다."

"하하, 감사합니다."

한빈은 어이가 없다는 듯 서재오를 바라봤다.

사실 서재오가 왜 이리 나오는지 한빈은 알 수 없었다.

한빈의 반응이 시큰둥하다고 느껴지자 강유찬이 끼어들었다.

"참, 이제부터는 나를 형이라 부르게!"

"형이라니요?"

"자네와 만난 지 벌써 오랜 시간이 흐르지 않았나? 앞으로는 대인이란 호칭 대신 그냥 형이라고 부르게."

"아, 알겠습니다. 대인."

"허허. 그냥 형이라 부르라고 해도."

"네, 그러지요. 대형."

한빈이 마지못해 웃자 강유찬이 씩 웃으며 현문의 눈치를 봤다.

현문의 표정에는 아무 변화도 없었다.

마치 움직이지 않은 거석과도 같다고 할까.

강유찬이 눈치를 보고 있을 때였다.

현문의 표정이 바뀌었다.

얼굴에 지진이라도 난 듯 몇 가닥 주름이 잡혔다.

모두는 고개를 갸웃하며 현문의 입술을 바라봤다.

현문이 그들의 시선에 답하듯 입을 열었다.

"내 긴히 할 말이 있네."

현문의 말에 강유찬이 조심스럽게 물었다.

"저희가 비켜 드릴까요? 대협."

"그래 주면 고맙겠네."

현문의 말에 강유찬과 서재오가 조용히 자리를 떠났다.

완전히 자취를 감춘 것은 아니지만, 멀리 떨어진 덕분에 서로는 점으로 보였다.

강유찬은 그 상태에서 한빈과 현문을 응시했다.

그는 한빈과 현문의 대화를 들을 수 있었다.

강유찬의 청력은 금의위에 몸을 담으며 비약적으로 발전했다.

황궁의 사건과 암투에 집중하다 보니 감각이 발달하게 된 것.

강유찬은 귀를 쫑긋 세웠다.

청력만으로 따진다면 강유찬은 무림삼존에 버금간다고 봐야 했다.

조용히 대화를 듣던 강유찬의 눈이 커졌다.

대화를 나누던 한빈의 눈도 커졌다.

"그게 무슨 말입니까? 탈경이라니요?"

"말 그대로일세."

"저는 처음 들어 보는군요."

한빈은 조용히 하늘을 올려다봤다.

현문은 지금 무공의 경지를 말하고 있었다.

그가 논하고 있는 것은 조금은 다른 관점의 무공 수준이었다.

현문은 탈경이라는 무공의 경지를 논하고 있었다.

전대 태극검제가 우연히 잡은 것이 탈경이라는 무공의 경지.

화경의 벽을 넘어서 현경이란 경지가 있다고는 들었다.

현 무림에서 현경의 경지에 이른 이는 아무도 없었다.

현경도 아니고 탈경이란 어떤 경지일까?

현문은 기존 무공을 벗어난 틀이라고 했다.

순간 한빈은 태극검제가 남긴 일곱 걸음을 떠올렸다.

한빈이 조심스럽게 말을 이었다.

"혹시 지난번에 태극검제께서 남겨 주신 일곱 걸음이 탈경의 무공입니까?"

"그렇다네, 팽 공자."

"흠."

"혹시 말입니다……."

"말해 보게."

"그 무공을 익히게 된다면 탈경의 경지에 도달하는 겁니까?"

"그 일곱 걸음을 익혔는가?"

"정확히는 모르겠지만, 태극검제께서 남겨 주신 일곱 걸음은 해석했습니다."

"사형은 이렇게 말했네. 그 일곱 걸음을 해석하면 또다시 이면에 숨겨진 일곱 걸음을 찾아야 한다고 말이네."

"숨은 일곱 걸음도 찾았습니다."

"……."

"……."

"숨은 일곱 걸음도 찾았다고 했나? 팽 공자."

"아마도요."

한빈은 고개를 끄덕이며 천라신선보를 떠올렸다.

지선에게서 얻었던 천라신선보도 일곱 걸음이었다.

태극검제가 남겨 준 일곱 걸음을 익히지 않았다면 그는 천라신선보를 온전히 깨치지 못했을 터였다.

그렇다면?

현문이 말한 이면에 숨겨진 일곱 걸음이 천라신선보를 말함이 아닐까?

　사실 그렇다면 탈경이라는 무공의 경지도 이해가 된다.

　한빈의 용린검법은 일반적인 무공이 아니었다.

　한빈은 불과 일류 정도의 내공을 가지고 검기를 검 끝에 피워 낼 수 있었다.

　바로 용린검법의 일촉즉발이었다.

　한빈은 일류 정도의 내공을 가지고 절정 고수의 쾌검을 능가할 수 있었다.

　용린검법의 전광석화였다.

　용린검법을 익히면서 항상 드는 의문이 바로 이 점이었다.

　용린검법을 통해 펼치는 무공의 수준을 기존의 무공과 같은 선상에서 평가할 수 있을까?

　그것은 불가능했다.

　용린검법은 사실 누구에게 전수할 수 없는 무공이었다.

　그중 융합편에 있는 몇몇 무공은 전수가 가능했지만, 전광석화나 일촉즉발 그리고 성동격서 같은 초식은 타인에게 전수가 불가능했다.

　그때 현문이 고개를 내저었다.

　"그럴 수는 없다네. 내 사형인 태극검제는 십 년을 내다봤다네."

"십 년이라니요?"

"그게 사형이 탈경의 끝자락을 잡은 기간이라네. 즉, 자네는 태극검제 본인과 같은 수준으로 평가한 것이지."

"하나만 여쭙겠습니다, 현문 대협."

"말해 보게, 팽 공자."

"대체 제게 그런 무공을 전수한 이유가 무엇입니까?"

주어는 빠졌지만, 누굴 의미하는지 현문이 모를 리 없었다.

무당 혹은 태극검제를 말함이 분명했다.

현문이 답했다.

"강호를 위해서라고 하셨네. 자세한 것은 자네가 그 경지에 이르게 되면 전하겠다고 하셨네."

"그럼 지금 알고 싶습니다. 말씀드렸다시피 이미 일곱 걸음의 이면에 있는 초식에 발을 들여놓은 것 같습니다."

"증명할 수 있겠나?"

"어떻게 증명하면 되겠습니까?"

"나를 꺾어 보게."

"대협을 꺾다니 그게……."

"검을 버리고 권장법으로 말일세."

현문이 월아를 가리켰다.

그 모습에 한빈이 고개를 갸웃했다.

"그거면 되겠습니까?"

"충분하네."

현문이 고개를 끄덕이며 기세를 피워 냈다.

순간 바닥에 가라앉았던 흙먼지가 그를 중심으로 사방으로 퍼져 나갔다.

쏴악!

가공할 만한 기세를 보여 준 현문은 한빈을 조용히 바라봤다.

현문의 의도는 간단했다. 검술의 고수라고 해서 권법의 고수라는 공식은 성립하지 않는다.

신체 조건이나 공격의 간격 등 여러 요소 때문이다.

현문은 권법에 특화된 무인이었다.

검술이라는 한 우물을 판 한빈이 자신을 꺾는다면 사형이 말한 탈경에 경지에 이르렀다고 판단해도 될 것 같았다.

그 결과야말로 기존 무공의 상식에서 벗어난 일이니 말이다.

어쨌든 현문이 이렇게 기세를 보여 준 의도는 한빈을 다치게 하고 싶지 않아서였다.

현문은 고개를 갸웃했다.

한빈의 표정이 조금 이상했다.

자신과 눈도 마주치지 못하고 눈동자를 이리저리 굴리고 있었다.

현문이 보기에 그 이유는 한 가지였다.

현문이 물었다.

"자신 없나? 자신이 없다면 내 제안은 없던 것으로 해도 좋네. 팽 공자."

"아닙니다. 꼭 한 수 부탁드립니다."

한빈이 조용히 고개를 숙였다.

중원일검 (2)

고개 숙인 한빈의 얼굴은 현문이 보기에도 들떠 있었다.

현문은 이 점이 궁금했다.

조금 전까지만 해도 시큰둥한 표정을 지었던 한빈이었다.

그런데 자신이 기세를 피워 내자 바로 반응한 것이다.

현문은 한빈의 얼굴을 빤히 바라봤다.

그때 한빈이 물었다.

"이야기는 끝난 것 같고……. 아무래도 공정한 판단을 내릴 사람이 필요하겠죠?"

"팽 공자가 원한다면……."

"강 대형! 이쪽으로 오시죠."

한빈은 멀리 떨어져 점으로 보이는 강유찬에게 외쳤다.

그다지 크지 않은 목소리.

하지만 강유찬은 바로 반응했다.

마치 사냥개가 먹잇감을 발견한 듯 바로 달려온 것.

마치 이형환위를 펼치듯 한빈의 앞에 온 강유찬.

그를 본 현문이 눈을 흘겼다.

"허허, 금의위의 수장이 그리 방정맞아서야!"

"그게 무슨 말씀입니까?"

"지금 그리 달려오면 우리의 이야기를 엿들은 게 다 표시 나지 않는가?"

"네?"

강유찬은 그제야 눈을 크게 떴다.

그가 자리를 피해 멀리 떨어진 이유는 현문이 한빈과의 독대를 청했기 때문이었다.

그런데 이렇게 한빈이 소리치자마자 달려왔으니, 둘의 대화를 엿듣고 있었다는 것을 스스로 밝힌 꼴이 되었다.

강유찬은 조용히 고개를 돌려 먼 산을 바라봤다.

그 모습에 현문이 말했다.

"들어도 상관없는 이야기네. 그리고 자네는 나랏밥을 먹는 사람이 아닌가? 어차피 나중에는 알아야 할 이야기일세."

"그렇게 생각해 주니 고맙습니다."

"다만, 자네만 알고 있게나. 화산파의 도사들은 몰라도 되는 일일세. 관과 무림의 일을 구별할 수 있겠지?"

현문은 턱짓으로 멀리 떨어진 서재오를 가리켰다.

"그리하지요."

강유찬이 고개를 끄덕였다.

강유찬이 화산파의 제자이긴 하지만, 무당파의 심정을 백 번 이해할 수 있었다.

화산파와 무당파 사이에 대대로 전해지는 선의의 경쟁 때문이다.

그들은 서로의 목에 칼을 들이대지 않는다.

상대에게 위기가 닥쳤을 때는 물불 가리지 않고 달려오는 것이 둘의 사이였다.

하지만 매화와 태극이라는 상징적인 단어는 물과 기름처럼 섞일 수 없었다.

매화나 태극, 둘 중 어느 하나가 더 위라는 결론이 나기 전까지는 말이다.

그렇다면 천 년이 넘는 강호의 역사에 있어 그 결론이 났을까?

당대로만 본다면 결론이 났다고 할 수 있지만, 강호 역사 전체를 두고 보면 엎치락뒤치락하는 형국이 반복되었다.

그도 그럴 것이, 화산과 무당의 무공은 우열을 가릴 수 없었다.

무공은 사용하는 사람에 의해 그 위력이 나타나는 법.

같은 무공이라도 하늘이 내린 기재가 그것을 펼친다면 그 무공은 천하제일의 초식이 된다.

어찌 보면 이것은 하늘의 이치였다.

문파의 세대가 바뀔 때마다 서로 엎치락뒤치락하는 화산과 무당은 무림인의 부러움을 사기도 했지만, 그들의 경쟁심에 어떤 이들은 치를 떨기도 했다.

사실 강유찬의 경우, 화산파에 있었을 때는 이런 분위기를 이해하지 못했다.

그저 화산을 최고의 문파로 올려놔야 한다는 목표밖에 없었다.

그런데 무림에서 한 발짝 떨어져 나랏일을 하다 보니 시야가 조금 넓어진 것이다.

한빈은 묘한 기세 싸움에 웃음 지었다.

하지만 시선은 현문의 몸을 살피고 있었다.

마치 수확을 앞둔 농부의 눈빛이었다.

한빈이 이렇게 눈을 빛내는 이유는 간단했다.

현문이 기세를 피워 내자 전에는 없던 황금빛 점이 일렁였기 때문이다.

한 개도 아니고 무려 세 개였다.

물론 세 개를 다 획득할 수 없을지도 몰랐다.

하지만 이건 기회였다.

한빈은 조용히 허공을 바라봤다.

이제는 지워졌지만, 그 전에 봤던 문구가 떠올랐기 때문이다.

용린검법은 자신이 가야 할 바를 말해 주고 있었다.

다음 경지를 밟기 위해서는 천급 초식 열 개를 모아야 한다고 했다.

이제까지 모은 천급 초식은 세 개, 천급 구결은 세 개였다.

현문의 몸에서 반짝이는 황금빛이 모두 천급 구결이라면?

아마도 세 개의 구결을 더 획득할 수 있을 것이다.

그중 기존에 획득한 천급 구결과 맞는 조각이 있다면, 완성된 천급 초식은 네 개로 늘어난다.

그렇다면 남은 천급 초식은 불과 여섯 개.

단서가 될 만한 그 문구를 확인하고 나서 한빈은 그다음 경지에 대해서 고민했었다.

다음 경지는 과연 무엇일까?

처음에는 그 경지를 현경이라고 생각했다.

하지만 현문의 얘기를 듣고 나서는 그 경지가 탈경이 아닐까 생각해 봤다.

아니, 어쩌면 자신은 벌써 탈경의 경지를 밟았을지도 모른다.

기존의 체계와는 전혀 다른 무공을 펼치고 있으니까.

다음 경지를 밟게 되면 용린검법의 실체에 대해 더욱 명확하게 알 수 있을 것.

한빈은 현문을 향해서 포권했다.

"한 수 부탁드립니다."

"자네가 검을 놨으니 삼 초를 양보하겠네."

현문은 확신이 있었다.

검을 손에서 놓은 한빈은 자신보다 한참 아래라고 생각했다.

현문은 눈을 반짝였다.

진심으로 권법을 쓰는 한빈의 모습이 기대되었기 때문이다.

겉으로는 삼 초를 양보하겠다고 했지만, 현문은 은근히 한빈의 한 수를 기대하고 있었다.

과연 하북팽가의 손맛은 어떨까 하고 말이다.

현문은 도를 깨치기 전까지는 강호의 쌈닭이라고도 불릴 만큼 싸움을 좋아했다.

현문과 한빈 사이에서 묘한 기류가 흘렀다.

현문의 입꼬리가 보기 좋게 올라갔다.

그 모습을 옆에서 보고 있던 강유찬은 눈에 힘을 주었다.

어찌나 힘을 주었는지 눈도 깜빡이지 않았다.

멀리 떨어져 있는 서재오가 옆으로 다가왔지만, 그의 집중력을 흐트려 놓지는 못했다.

분명히 이건 친선 비무였다.

거기에 병장기도 사용하지 않은 순수한 권법 대결이었다.

그런데도 둘은 마치 검을 든 것만 같았다.

착각이 아니라 그들의 투기가 강유찬의 살갗을 자극했다.

따끔거리는 감각은 느낌이 아니라 실제 상황이었다.

강유찬이 이리 긴장하고 있는 이유는 사실 따로 있었다.

강호의 투견(鬪犬) 혹은 투계(鬪鷄)라 불리는 현문 때문이었다.

현문은 십 년 사이에 수많은 사건과 사고를 남겼다.

근 십 년은 강호의 평화기라 불리기에 그가 남긴 족적은 수많은 문파 사이에서 떠돌았다.

그중 가장 기억에 남는 것은 그가 피를 보면 이성을 잃는다는 점이었다.

하나를 잃으면 열 배로 갚아 주어야 직성이 풀리는 현문이었다.

그 때문에 무당파에서 나와 수만 개의 불상을 깎으며 수행을 했던 그였다.

도를 깨쳤다고는 하지만, 그의 본성이 변했으리라고는 보지 않았다.

물론 한빈도 만만치 않다.

이제까지 그가 손해 보는 장사를 했던 적이 있는가?

비무를 장사라고 표현하기는 뭐하지만, 비무나 대결의 끝에는 뭔가를 꼭 건져 갔던 한빈이었다.

각자의 개성이 분명한 두 명이었기에, 강유찬은 그 어느 때보다 긴장하고 있었다.

강유찬은 이를 악물었다.

옆에 있던 서재오의 귀에 부드득 소리가 들릴 정도였다.

강유찬은 비장한 표정으로 외쳤다.

"비무를 시작합니다!"

뒤쪽으로 물러난 강유찬은 둘을 바라봤다.

만약에 불상사라도 생기면 바로 비무를 중지시켜야 했다.

바로 달려들 것 같던 한빈이 잠시 머뭇거렸다.

그 모습에 강유찬은 고개를 갸웃했다.

이건 한빈의 평소 모습이 아니었다.

서재오도 마찬가지였다.

한빈이 이렇게 고민하며 비무에 임한 적이 있던가?

일단 달린 후에 검을 뽑았던 것이 한빈이었다.

모두가 고개를 갸웃할 때 한빈이 입을 열었다.

"죄송하지만, 지금 쓸 보법부터 밝혀야겠습니다."

"말해 보게."

현문이 손을 까닥이자 한빈은 미안한 표정으로 말을 이었다.

"제가 쓸 초식은 하북팽가의 혼원장입니다."

"흠, 하북팽가의 무공을 견식할 수 있겠군."

"보법은 일전에 태극검제가 보여 주신 일곱 걸음을 바탕으로 펼치겠습니다."

"좋군. 좋아. 그걸 보기 위해서 이 비무를 하는 것이 아니겠나!"

"다만, 세 걸음이 한계입니다."

"세 걸음이라? 벌써 포기하는 건가? 세 걸음이면 온전한 초식을 얻지 못했다는 건데……."

"이해는 하고 있지만, 몸이 따라가지 못합니다."

"흠, 일단 확인해 봐야겠군."

"그래서 부탁드립니다."

"말해 보게. 손 속에 사정을 두라면 그리하겠네."

"삼 초를 양보하겠다는 말을 거둬 주시죠. 단 세 걸음인데 삼 초를 양보하신다면 이 승부는 의미가 없습니다."

"허허, 검객으로서의 자부심은 인정하나 지금은 공수(空手)의 대결이네."

"그럼 먼저 손을 쓰겠습니다. 첫 번째 걸음입니다."

한빈이 가볍게 한 걸음을 걸었다.

그저 평범한 준비 동작이었다.

그 모습을 보던 강유찬과 서재오는 고개를 갸웃했다.

그들의 눈에는 한빈의 첫 번째 동작이 너무 평범해 보였기 때문이었다.

그것은 초식이라고 볼 수도 없었다.

오른손을 앞으로 뻗은 채 한 걸음 앞으로 나왔을 뿐이었다.

그런데 현문의 표정이 갑자기 바뀌었다.

이제까지 여유가 넘치던 것과는 완전히 상반된 표정으로 현문이 말했다.

"아무래도 내가 하북의 권을 만만하게 봤던 것 같군. 삼 초를 양보하겠다는 말은 취소하겠네. 내가 쓸 초식은 무극현공권(無極玄功券)이네. 태극에는 그 시작과 끝이 없으며 태극의 중심에는 우리가 헤아릴 수 없는 지혜가 숨겨져 있지."

말을 마친 현문이 가볍게 주먹을 뻗었다.

순간 현문의 몸이 한빈의 바로 앞에 다다랐다.

그 모습에 강유찬은 눈을 크게 떴다.

바로 현문이 쓴 첫 번째 무공 때문이었다.

무극현공권이 어떤 무공이던가?

일권(一拳)에 무당 무공의 정수를 담은 초식이라 평가되는 무공이었다.

더 놀라운 것은 지금 현문의 말이었다.

현문은 마치 무당의 무공을 전수하려는 듯 구결의 핵심을 전달하고 있었다.

그때 현문의 권이 한빈의 가슴에 다다랐다.

눈 깜짝할 사이에 펼쳐진 초식.

무극현공권의 첫 번째 초식인 무극일수(無極一手)였다.

순간 둔탁한 소리가 울려 퍼졌다.

팡!

순간 현문과 한빈의 사이에 공간이 생겨났다.

동시에 둘이 한 걸음 뒤로 밀린 것이다.

강유찬의 눈이 한계까지 커졌다.

하지만 서재오는 고개를 갸웃하기만 했다.

고개를 갸웃한 서재오가 강유찬을 바라봤다.

"혹시 제가 놓친 게 있습니까?"

너무 광범위한 질문이지만, 이것은 서재오의 본심이었다.

분명히 둘은 일 합을 겨뤘다.

문제는 둘 사이에 일어난 일을 서재오가 모른다는 점이었다.

그저 권과 장이 한 번 오갔을 뿐인데, 서로 밀려 나 있는 것도 신기했다.

더욱 이상한 것은 간격을 벌린 채 서로를 바라보고 있다는 점이다.

대체 무슨 일이 일어난 것일까?

서재오는 지금 자신의 힘으로 이 의문을 풀 수 없었다.

그런 이유로 진지하게 물어본 것이다.

서재오의 질문에 강유찬이 입을 열었다.

"지금 둘 사이에는 열 번의 합이 오갔다네."

"열 번이라고요?"

"너무 빨라서 보이지 않을 정도였지. 무당의 무공은 진짜 심오하군."

"그럼 팽 공자는 열 번의 공격에 당했다는 말인가요?"

"그 열 번은 혼원장으로 쳐 냈네. 팽가의 권장법도 무당의 무공에 뒤처지지 않는다는 게지."

"음."

서재오는 침음을 흘리며 자신의 소매를 바라봤다.

그의 눈에는 소매에 새겨진 수십 개의 매화 무늬가 들어왔다.

여기에 오기까지 서재오는 수없이 많은 땀을 흘렸다.

매화검수라는 이름을 얻는 데 이십 년.

소매에 매화를 채우는 데 삼 년이 걸렸다.

물론 그중 대부분은 한빈과의 인연으로 얻어진 매화였다.

오늘따라 소매에 수놓인 매화가 그저 껍질로 보이는 것은 왜일까?

서재오가 마음의 갈피를 못 잡는 이유는 단 하나였다.

한빈과 자신이 비교되었기 때문이었다.

현문과 대등하게 서 있는 한빈의 모습은 누가 봐도 태산을 떠올리게 했다.

현문이야 무당 장문의 사제.

거기에 강호에서 수많은 사건을 만든 장본인이었다.

하지만 한빈은 어떠한가?

몇 년 전까지만 해도 이름조차 몰랐던 무명의 검객이었다. 아니, 정확히는 도객이라고 봐야 했다.

하북팽가에 검객이 있을 리 없으니 말이다.

짧은 시간에 어찌 저렇게?

아무리 생각해도 자신과 한빈 사이에는 메울 수 없는 재능의 격차가 있었다.

서재오는 여유 있게 미소 짓는 한빈을 바라보고는 주먹을 불끈 쥐었다.

질투심 같은 것이 아니었다.

알 수 없는 격차가 존재하고 그것을 인정해야 하지만, 묘한 호승심이 가슴에서 피어났다.

서재오는 매화 무늬가 선명한 소매를 털었다.

껍데기를 벗어던지고 싶은 기분에서였다.

그때였다.

서재오의 눈이 빛났다.

자연스럽게 허물어지는 서재오의 몸.

정확히는 허물어진 것이 아니라 가부좌를 틀고 있는 모습이었다.

옆에서 그를 지켜보던 강유찬이 눈을 크게 떴다.

서재오의 호흡이 예사롭지 않았기 때문이다.

들숨과 날숨 사이에 청아한 기운이 실려 있는 것만 같았다.

순간 강유찬이 혼잣말을 뱉었다.

"자하신공?"

숨결 사이에 섞여 있는 기운은 자하신공의 첫 단계가 분명했다.

사실 모두 자하신공이라고 하면 화산파의 일대제자들만 익힐 수 있는 심법으로 모두 생각한다.

하지만 이것은 반만 맞는 것이다.

화산파의 기본 심법과 검법이 일정 수준에 들게 되면 자연스레 자하신공의 첫발을 내딛게 되는 것이다.

바로 지금의 서재오처럼 말이다.

그렇게 되면 신공을 익힐 수 있는 자격이 주어진다.

이런 과정은 하루아침에 되는 것이 아니기에 자하신공은 일대제자 이상에게만 전수된다는 소문이 돌았던 것.

만약에 서재오가 지금 깨달음을 얻는다면?

화산으로 돌아가 자하신공을 익힐 수 있는 자격이 된다.

강유찬은 재빨리 서재오의 앞을 막았다.

호법이 필요하다고 생각해서였다.

누군가 말했다.

깨달음의 과정이란 도자기를 빚는 과정과도 같다고 말이다.

도공이 도자기를 빚을 때 사용하는 것은 질 좋은 반죽일 거다.

깨달음의 과정에 들어가면 단전은 그 반죽과 같은 상태가 된다.

판 위에서 빙글빙글 돌아가는 반죽은 도공의 섬세한 손길이 필요하기 마련.

그 과정의 끝에 결과로 나타나는 것이 바로 깨달음이었다.

만약에 반죽에 외부의 힘이 개입하면 어떻게 될까?

자칫 잘못하면 깨달음의 과정이 해변의 모래성처럼 허물어질 수도 있었다.

거기에서 끝나면 다행이었다.

최악의 경우는 단전까지 상할 수도 있는 법이었다.

강유찬은 사질인 서재오를 지킬 필요가 있었다.

처음 만났을 때는 뺀질거리는 모습에 호통도 쳤지만, 요즘은 변한 서재오의 모습을 대견해하고 있었다.

사실 한빈과 현문에게 대결을 잠시 중지하라고 하고 싶었다.

문제는 서재오가 한빈과 현문의 대결을 보고 무아지경에 들었다는 점이다.

대결이 갑자기 멈추게 되면 깨달음의 과정에 해가 될 수도 있었다.

그들의 대결은 그대로 두고 서재오를 호위하는 것이 가장 좋은 방법이었다.

강유찬은 비장한 표정으로 앞을 바라봤다.

그때 한빈이 현문에게 외쳤다.

"이제 두 걸음입니다!"

"어서 오게."

현문이 여유 있게 손짓했다.

그들의 대화에 강유찬은 고개를 갸웃했다.

강유찬이 듣기로 태극검제가 알려 준 무공은 모두 일곱 걸음이라고 했다.

강유찬은 그 걸음이라는 의미를 초식으로 알아들었다.

첫 번째 걸음은 첫 번째 초식을 나타내는 상징적 의미고 두 번째 걸음은 두 번째 초식을 나타내는 상징적인 의미로 해석했다.

그 해석대로라면 일곱 초식 중 한빈이 깨친 것은 세 번째 초식까지였다.

그런데 첫 번째 초식의 의미는 대충 알아봤다.

첫 번째 초식은 힘과 속도를 중시하는 초식이었다.

하지만 두 번째 초식의 의미는 전혀 알 수 없었다.

첫 번째 초식과 비교해도 아무런 변화가 없었기 때문이다.

둘이 주고받는 공방의 속도가 엄청나다는 것은 변함없지만, 강유찬이 보기에는 아무 변화도 없었다.

한빈의 말대로 두 번째 걸음이라면 분명히 변화가 있어야 했다.

강유찬은 안력을 돋웠다.

자신이 놓친 부분이 있을까 생각해서였다.

사질인 서재오처럼 강유찬도 그들의 대결에서 무언가 얻기를 갈구하고 있었다.

황궁에서 금의위를 맡은 지 벌써 오랜 시간이 지났다.

그는 지금의 생활에는 만족하지만, 항상 아쉬움이 남았다.

그것은 바로 무학의 끝을 확인하고 싶다는 열망이었다.

하지만 황궁에서는 분명 한계가 있었다.

어찌 보면 이렇게 고수들의 비무를 관전하는 것이 한계를 깰 하나의 방법일 수도 있었다.

강유찬은 내공을 이용해 조금 더 안력을 돋웠다.

그때였다.

강유찬의 눈이 커졌다.

갑자기 풍압이 느껴졌기 때문이다.

풍압의 근원은 한빈과 현문이었다.

그곳을 중심으로 나뭇잎이 밖으로 퍼져 나가고 있었다.

강유찬은 뒤를 힐끔 봤다.

서재오는 아직도 무아지경에 들어 있었다.

강유찬은 최대한 진기를 끌어올려 호신강기를 펼쳤다.

진기를 앞쪽으로 펼치자 바람에 휩쓸리던 나뭇잎들이 강유찬을 피해 간다.

강유찬은 서재오를 위해서 조금 더 범위를 넓혔다.

그 상태에서 앞을 바라봤다.

순간 강유찬이 한숨을 토했다.

"허."

놀라움의 감정이 담겨 있는 한숨이었다.

나뭇잎과 흩날리는 먼지 덕분에 그들의 움직임을 볼 수 있게 된 것이다.

흩날리는 먼지들은 일정한 규칙이 있었다.

그들의 손동작에 따라 휩쓸리고 있었던 것.

둘의 움직임이 너무 빠르므로 불규칙하게 보였을 뿐이었다.

안력을 최대한으로 돋워야만 볼 수 있을 정도라니!

탄성을 내지르는 동시에 마음 한구석에서 허전함을 느꼈다.

강유찬의 시선에 아랑곳하지 않고 한빈과 현문의 대결은 계속 이어졌다.

현문에게는 아직 여력이 있었다.

현문의 권을 한빈의 장이 막고.

한빈의 장을 현문의 권이 막는 상황이 계속되었다.

이제 현문은 한 가지 결심을 해야 했다.

현문은 본격적으로 한빈이 태극검제가 전한 일곱 걸음을 온전히 이해했는지를 시험해야 했다.

과연 어떤 방법으로 시험해야 할까?

현문도 시험해 볼 정확한 방법을 알 수 없었다.

현문은 태극검제가 남긴 일곱 걸음에 대한 의미를 몰랐다.

당연히 그 일곱 걸음을 이해했는지도 시험해 볼 방법이 없었다.

하지만 현문은 한 가지를 확인하고 있었다.

태극검제가 남긴 현묘한 초식이라면, 자신의 성명 절기를 쏟아부어도 상대가 감당할 수 있어야 한다는 점이었다.

공수를 주고받던 현문이 나지막이 외쳤다.

"이제부터 조심하시게! 내가 가장 자신 있는 태극십절지(太極十節指)와 유운신법(流雲身法)이네. 태극의 이치를 보여 주겠네."

"감사합니다. 그럼 저도 세 번째 걸음을 보여 드리겠습니다."

한빈은 한 발 앞으로 다가갔다.

그와 동시에 현문이 주먹을 활짝 폈다.

이제까지 펼쳤던 권법을 뒤로하고 장법으로 바꾼 것이다.

한빈은 현문의 태극십절지를 누구보다 더 잘 알고 있었다.

무당의 무공 중 가장 험악하다고 말하는 무공이 바로 태극십절지였다.

전생에도 이 무공 덕분에 며칠 동안 누워 본 적이 있었다.

태극십절지의 가장 무서운 것은 손가락 열 개가 각기 다른 태극의 도를 담고 있다는 점이었다.

휙.

오른손이 한빈의 어깨로 날아온다.

한빈은 그것을 피하며 재빨리 좌수를 날렸다.

그때 현문의 손이 묘하게 뒤틀리며 한빈의 좌수를 낚아챈다.

맹렬하게 들어오던 기세와는 달리 여우처럼 날래게 방향을 바꾼 것이다.

거기에 더해 그의 검지와 중지가 간격을 벌린다.

중지는 한빈을 옭아매고 검지는 한빈의 손마디를 노리고 기세를 피워 낸다.

마치 하나가 아니라 여러 명과 싸우는 듯한 착각이 드는 장법이었다.

재미있는 것은 한빈이 호락호락하게 당하지 않는다는 점이었다.

요혈을 노리는 태극십절지를 모두 쳐 내면서도 현문의 구석구석을 노리고 있다.

타다닥.

둘의 사이에서는 마치 빨래를 터는 듯한 소리가 울려 퍼졌다.

물론 한 명이 내는 소리는 분명 아니었다.

지나가는 사람이 이 소리만 듣는다면 몇십 명이 동시에 빨래를 터는 장면을 상상할 것이다.

그 정도로 그들이 쏘아 내는 풍압은 다채로운 소리를 만들어 냈다.

파박.

팍.

순간 현문이 몸이 구름처럼 한빈의 옆으로 이동했다.

유운신법을 칠 성 이상 펼치면 이형환위와 동일하다는 이야기를 듣는다.

지금 현문은 유운신법을 칠 성 이상 펼치고 있었다.

하지만 현문은 지금의 상황이 이해가 되지 않았다.

한빈의 표정을 보면 아직 여유를 부리고 있는 것 같았기 때문이다.

그때였다.

팍.

현문은 어깨에 통증을 느꼈다.

그는 재빨리 한 걸음 뒤로 물러나며 한빈을 확인했다.

한빈이 빙긋 웃으며 말을 이었다.

"더 확인하셔야겠습니까?"

"음."

현문은 침음을 토해 냈다.

이것으로 시험을 끝내야 할지 난감해서였다.

거기에 현문의 가슴 한쪽에서는 호승심이라는 불씨가 살아났다.

조금 전까지가 순수한 시험이라고 한다면, 이제는 본능이 꿈틀댔다.

도를 깨달으며 몸속 깊이 숨겨 뒀던 투견의 본능이 꿈틀대자, 현문은 호쾌하게 웃었다.

"하하, 몇 수만 더 놀아 보세."

"그러지요."

한빈이 고개를 끄덕이자 현문은 눈을 가늘게 떴다.

동의는 했지만, 한빈이 바라보는 것은 자신이 아니었다.

한빈은 먼 산을 보고 미소 짓고 있었다.

물론 이것은 현문의 착각이었다.

한빈은 지금 허공에 뜬 용린의 문구를 확인하고 있던 것이다.

[용안으로 구결을 확인합니다.]

[천급 구결 대(大)를 획득하셨습니다.]

[천급 - 유(類), 유(類), 종(從), 대(大)]

기분 좋게 올라갔던 한빈의 입꼬리가 원래대로 돌아왔다.

하필이면 지금 획득한 구결은 기존에 있던 구결과 딱 맞는 짝이 아니었다.

그것도 잠시, 한빈이 미소 지었다.

지금 상대에게는 아직 두 개의 구결이 남아 있었기 때문이다.

그때 현문의 목소리가 한빈의 귀청을 때렸다.

"혹시 주화입마?"

"괜찮습니다."

한빈은 어색하게 웃으며 손을 뻗었다.

현문이 재미있다는 듯 장법의 간격 안으로 들어갔다.

그의 초식은 다시 바뀌었다.

무당의 기본 권법이라는 태극권을 펼치고 있는 것.

사실 현문이 현재 가장 자신 있는 것은 무당의 기본 권법인 태극권이었다.

물론 이것은 한빈 덕분에 얻은 기연이었다.

도를 깨닫자 태극에 대해서 명확하게 이해할 수 있었다.

무당의 시조인 장삼봉 조사 이후 진정한 태극권을 펼친 제자는 아무도 없다는 것이 무당의 입장이었다.

이런 무당의 의견에 강호인들은 고개를 갸웃한다.

저잣거리의 아이들도 펼치는 무공이 태극권이 아니던가?

태극권은 무당파의 고유 무공이지만, 강호에 널리 알려진 무공이기도 했다.

그렇다면 무당에서 말한 진정한 태극권이란 무엇일까?

현문은 지금 그것을 보여 주고 있었다.

멀리서 대결을 보고 있던 강유찬은 다급하게 내공을 끌어올렸다.

현문의 무공은 분명 태극권이 맞았다.

그런데 그 위력은 세상의 것이 아니었다.

현문의 주먹에서는 무형의 강기가 일렁이고 있었다.

팍, 팍.

서로의 가슴에 권과 장이 적중했다.

물론 본 것은 아니었다.

소리를 듣고 어렴풋이 짐작할 뿐이었다.

순간 강유찬의 심장은 요동쳤다.

이것은 무인으로서의 본능이었다.

그것도 잠시, 강유찬은 눈을 크게 떴다.

한빈의 초식이 변했기 때문이다.

물론 강유찬이 놀란 것은 초식의 변화 때문만은 아니었다.

지금 한빈이 쓰고 있는 초식은 누가 봐도 무당의 태극권이었다.

한빈은 그저 흉내 낸 것이 아닌 현문의 태극권을, 위력 그대로 펼치고 있었다.

의문을 해결하기도 전에 그는 이를 악물었다.

그들이 뿜어내는 기세에 온몸이 따끔거리기 시작했기 때문이다.

마치 바늘로 살갗을 찌르는 것만 같았다.

말이 바늘이지, 멀쩡한 살갗을 바늘로 찌르면 어떨까?

그 고통은 이루 말할 수 없을 것이다.

예측되는 고통도 아니고 간헐적으로 느껴지는 고통은 최악이었다.

강유찬은 이제 한계에 다다랐다고 판단했다.

자신의 호신강기로는 둘의 기세를 온전히 받아 낼 수 없는 것이다.

뒤쪽을 보니 서재오가 살짝 움찔거린다.

강유찬은 욕이 튀어나올 뻔했다.

이제는 그들에게 중지해 달라고 부탁할 여력도 남아 있지 않았다.

이 상황이 계속된다면 서재오의 깨달음은 먼지가 되어 날아갈 것이었다.

강유찬은 이를 악물며 젖 먹던 힘까지 모두 짜내었다.

하지만 한빈과 현문이 만들어 내는 기파(氣波)는 강유찬의 호신강기를 점점 자극했다.

강유찬은 자신의 호신강기가 그저 사기그릇에 불과하다는 것을 이제야 깨달았다.

그에 비하면 한빈과 현문이 만들어 내는 기파는 망치와도 같았다.

만약 망치가 사기그릇을 때린다면?

당연히 조각이 나서 흩어질 것이었다.

그때였다.

강유찬은 눈을 감았다.

선택을 해야 할 때라는 것은 본능적으로 알았다.

기파의 범위가 점점 넓어져서 자신의 호신강기를 깨부수는 것은 시간문제였다.

자신이 펼친 호신강기가 깨지게 되면 뒤쪽에 있던 서재오도 영향을 받게 될 터.

　호신강기가 깨져서 서재오를 보호하지 못할 바에야 지금 그를 데리고 이곳을 벗어나는 것이 맞았다.

　강유찬이 몸을 돌리려고 할 때였다.

　갑자기 그의 등에 가벼운 충격이 전해졌다.

　정확히 말하면 충격은 아니었다.

　누군가 강유찬의 등에 장심을 갖다 댄 것이다.

　이어서 따뜻한 기운이 느껴졌다.

　그 기운이 그의 신체 구석구석으로 퍼져 나간다.

　순간 강유찬은 다시 자리를 잡았다.

　이제 날아드는 기파를 방어할 정도는 되었다.

　이제 조금씩 안정을 찾아 가는 강유찬은 뒤쪽에서 자신을 도와준 이가 누군지도 확인하지 못했다.

　앞쪽의 대결에 온 정신이 팔렸기 때문이었다.

　강유찬은 현문이 펼치는 태극권이 장삼봉 조사가 펼쳤다 전해지는 태극권과 닮았음을 깨달았다.

　장삼봉이 펼치던 태극권을 강유찬이 보았을 리는 없지만, 화산의 원로들의 입을 통해 대대로 내려오던 이야기에 의하면 상당히 비슷했다.

　그들의 이야기에 따르면 장삼봉이 펼치는 태극권은 무당 무학의 정수를 담고 있다고 했다.

가장 두드러진 점은, 권과 장은 잊히고 허공에는 태극만이 남는 현상이라고 했다.

강유찬은 이 말이 추상적인 의미인 줄로만 알았었다.

지금은 그것이 추상적인 의미가 아니라 진짜 구체적인 형상이라는 것을 깨달았다.

지금 상황이 정확히 그랬다.

현문의 움직임에서 날카로운 공격은 볼 수 없었다.

오직 허공에 태극만을 그리는 듯했다.

그의 권과 장이 마치 붓처럼 움직였다.

그 붓은 허공에 수많은 태극을 만들어 내고 있었다.

그렇게 만들어 낸 작은 태극은 다시 커다란 태극이 된다.

자신의 공간을 모두 태극으로 만들어 버린 것.

화산에서는 장삼봉이 펼치는 태극권을 진태극권이라 부르기도 했다.

장삼봉이 펼치는 태극권만이 진짜라는 의미였다.

그런데 지금 현문이 장삼봉의 무공을 재현하고 있다고?

사실 그것만 해도 입이 다물어지지 않는 상황이었다.

그런데 지금 한빈도 현문과 똑같은 태극권으로 대결을 이어 가고 있었다.

지금 강유찬의 앞, 한빈과 현문 사이의 공간은 완벽하게 태극의 기운으로 가득 차 있었다.

강유찬은 지금의 상황이 이해되지 않았다.

물론 이해되지 않는 것은 한빈도 마찬가지였다.

천급 초식이라고는 하나, 이 정도일 줄은 몰랐다.

한빈은 현문에게 천급 구결 하나를 더 획득했다.

다행히도 이번에 획득한 구결은 기존에 가지고 있던 구결과 짝이 맞았다.

한빈이 획득한 구결은 상(相).

그렇게 만들어진 구결이 바로 유유상종(類類相從)이었다.

[천급 초식 유유상종(類類相從)을 획득하셨습니다. 유유상종은 어떤 고수의 초식이라도 따라 할 수 있습니다. 유유상종은 지속해서 구결을 소모합니다. 소모되는 구결은 무작위입니다. 유유상종은 보름에 한 번 펼칠 수 있습니다.]

사실 이 설명을 들었을 때까지만 해도 이 정도일 줄은 몰랐다.

사실 유유상종을 펼치기 전까지 한빈은 상당한 고민을 했다.

현문과의 대결을 그만두어야 할 것 같아서였다.

한빈이 보여 주기로 초식은 모두 세 걸음이었다.

그러나 한빈이 천라신선보의 세 번째 걸음을 펼쳤음에도 현문은 승복하지 않았다.

마치 맹수를 향해서 달려드는 사냥개와도 같았다.

한빈은 아직 한 걸음의 여유는 두고 있었다.

하지만 그 한 걸음을 보여 주기는 싫었다.

자신의 밑천을 드러내는 것도 마땅치 않았지만, 현문을 다치게 하고 싶지는 않았다.

그런데 그 상황에서 한문이 진태극권을 꺼내 든 것이다.

한빈도 장삼봉이 펼쳤다는 진태극권에 대해서는 어렴풋이 알고 있었다.

물론 이런 무공이 실전하는지는 몰랐다.

여기서 더 놀란 것은 진태극권을 펼친 현문의 몸에 변화가 생겼다는 점이다.

구결을 나타내는 황금빛 점이 변했다.

토끼 가면에게서 알 수 없었던 구결을 얻었던 바로 그 점이었다.

한빈은 그 구결을 얻기 위해서 유유상종을 써 보기로 했다.

결과는 성공적이었다.

한빈은 이번에 얻은 초식이 어떤 의미를 가지고 있는지를 잘 알 것만 같았다.

유유상종은 적과 완벽하게 동수를 이룰 수 있는 초식이었다.

무공의 격차 때문에 용린검법을 펼칠 수 없다는 글귀만 나오지 않으면, 상대가 지칠 때까지 며칠 밤낮을 싸우는 것이

가능했다.

물론 자신이나 상대 모두 다치지 않으면서 말이다.

일대일 비무에 있어서는 완벽한 방패를 얻은 셈이었다.

지금도 심화편의 구결을 소진하면서 계속 현문과 맞서고 있지만, 주변을 돌아볼 정도로 여유가 넘쳤다.

이 초식의 단점도 명확했다.

이 초식은 일대일의 상황에서만 쓸 수 있다는 점이다.

만약 다수의 적과 맞닥뜨린다면?

이 초식은 쓸모없었다.

그때 다시 현문의 주먹이 날아왔다.

권과 장이 교묘하게 섞여 조화를 이룬다.

한빈은 자신도 모르게 감탄했다.

"대단하군요."

"칭찬 감사하네."

그들은 권을 나누며 아무렇지 않게 대화를 주고받았다.

한빈은 진심으로 현문을 높이 평가하고 있었다.

현문의 권법은 그야말로 대단했다.

권왕이라고 칭해도 부족함이 없을 정도였다.

그때였다.

팍, 팍.

서로의 주먹이 교차하며 상대의 견정혈에 주먹이 적중했다.

한빈과 현문이 동시에 뒤로 세 걸음 물러났다.

뒤로 물러난 한빈이 현문을 향해서 포권했다.

"가르침에 감사합니다."

"허허, 내가 팽 공자를 가르쳤다니……."

"아닙니다. 많이 배웠습니다."

한빈은 거짓을 말한 것이 아니었다.

현문을 통해서 유유상종이라는 천급 초식을 얻었으며, 마지막 한 수로 획득한 글귀를 확인하고 있었으니 말이다.

[용안으로 구결을 확인합니다.]

[알 수 없는 구결을 획득하셨습니다.]

[알 수 없는 구결 : 이(二)]

알 수 없는 구결이 하나 더 늘어났다.

알 수 없는 구결을 확인하기 위해서는 이제 천급 초식 여섯 개가 남은 상태였다.

아무렇지 않게 웃음 짓는 한빈의 모습에, 현문이 권기(拳氣)를 갈무리했다.

순간 팽팽했던 둘의 비무는 막이 내렸다.

잠시 한빈을 바라보던 현문이 입맛을 다셨다.

"팽 공자가 말한 게 진짜였구먼. 내 사형이 준 일곱 걸음을 이해하고 있는 게 맞았어……."

"어떻게 확신하십니까?"

"그러지 않고서야 내 태극권을 그리 침착하게 막아 낼 수 있었겠는가? 그리고 내가 알기로는 자네가 권장법을 익힌 지는 그리 오래되지 않았을 것이네."

"음, 그건 어떻게 아셨습니까?"

"내 주먹을 보게. 검객과 다르지 않은가?"

현문이 자신의 주먹을 들어 보였다.

그의 주먹은 마치 자갈이라도 박아 놓은 것 같았다.

한빈은 그 의미를 알고 있었다.

그는 무당에서 내려와 불상을 깎으면서는 무공을 수련하지 않았다.

그런데도 권법의 수련 흔적은 명확하게 남아 있었다.

그에 비교해 한빈의 주먹과 손바닥에는 수련의 흔적이 미미했다.

물론 한빈의 경우는 예외였다.

수련으로 얻은 권장법이 아니라 용린검법의 깨달음으로 얻은 초식이니 말이다.

한빈이 물었다.

"그런데 제가 태극권을 침착하게 막아 냈다는 것만으로 태극검제가 남긴 일곱 걸음을 이해했다고 확신하시는 겁니까?"

"그건 아니네. 같은 붓으로 쓴다고 해서 필체가 다 똑같지는 않지 않은가? 자네의 태극은 무당의 기운이 아니었다네."

"무당의 기운이 아니라고요?"

"내가 느끼기에는 그렇다네. 무당의 기운이 아닌데 무당의 태극을 그린다면……. 중원의 무공이 아니라고 보는 수밖에 없지 않나?"

말을 마친 현문이 웃었다.

이제는 완벽하게 인상 좋은 도인의 모습으로 돌아왔다.

그 모습에 한빈도 마주 웃었다.

"말씀하신 조언은 가슴에 새기겠습니다. 가르침 감사합니다. 그리고……."

한빈이 말끝을 흐리자 현문이 물었다.

"대체 왜 그러는가?"

"저기 보십시오."

한빈이 가리킨 것은 현문의 뒤쪽이었다.

그곳에서는 강유찬과 서재오가 가부좌를 틀고 있었다.

그들을 본 현문이 말했다.

"깨달음에 들었는가?"

"아무래도 그런 것 같습니다."

한빈은 조용히 강유찬과 서재오를 향해 걸어갔다.

그러고는 그들을 호위하고 있는 제갈공려의 앞에 섰다.

"누님! 어떻게 된 일인가요?"

"팽 공자."

"대체 왜 둘이나 무아지경에 빠진 건가요?"

"내가 왔을 때는……."

제갈공려는 자신이 본 광경을 설명하기 시작했다.

설명은 간단했다.

제갈공려가 왔을 때는 서재오가 무아지경에 빠져 있었고 강유찬이 호법을 서고 있었다고 했다.

하지만 강유찬이 한빈과 현문의 대결이 만들어 낸 기파를 막아 내기에는 역부족이었다고 했다.

그때 제갈공려가 그를 도운 덕분에 무사히 위기를 넘긴 것이다.

그 후 제갈공려를 본 강유찬은 묘한 말을 남긴 채 무아지경에 들었다고 한다.

그 말에 한빈이 물었다.

"강 대형이 남긴 말이 무엇이었나요?"

"모든 게 허울이었다는 말을 남기고 저렇게 눈을 감았어요."

"아."

한빈은 조용히 입을 벌렸다.

옆에 있던 현문도 무슨 말인지 모르겠다는 듯 고개를 갸웃할 뿐이었다.

잠시 어색한 침묵이 지나가고 현문이 한빈을 바라봤다.

"혹시 무당에 연락할 전서구를 구할 수 있겠는가?"

"전서구라면……."

말끝을 흐린 한빈이 손가락을 튕겼다.

딱.

무아지경에 든 서재오와 강유찬에게 방해가 안 될 만큼 적당한 크기의 소리였다.

현문은 이해가 안 간다는 듯 고개를 흔들었다.

이 정도의 소리로 누군가를 부른다는 것은 불가능했기 때문이다.

현문이 고개를 갸웃하고 있을 때였다.

한빈의 앞에 하얀색 무복이 나타났다.

눈처럼 하얀 소매를 펄럭이며 나타난 설화의 오른손에는 보따리 대신 새장이 들려 있었다.

그 모습에 현문이 눈을 동그랗게 떴다.

한빈과 무공을 겨룰 때보다 더 놀라는 모습이었다.

손가락 한 번 튕겼을 뿐인데, 전서구가 든 새장이라니?

현문은 표정을 다급히 수습하고 물었다.

"혹시 진짜 전서구가 맞느냐? 설화야."

"네, 맞아요. 아저씨!"

설화가 해맑게 웃자 현문이 한빈을 바라봤다.

"허허, 자네의 무공보다 설화의 능력이 더 놀랍구나."

이것은 현문의 극찬이었다.

한빈이 펼친 천라신선보와 유유상종보다도 설화의 능력을 더 높이 평가한 것이었다.

한참 동안 설화를 물끄러미 보던 현문이 품속을 뒤졌다.

그러고는 전낭에서 돈을 꺼냈다.

설화가 반응하기도 전에 현문은 재빨리 전낭 속에 은자 몇 닢을 설화의 손에 떨어뜨렸다.

툭.

"신기에 가까운 묘기를 보여 준 것에 대한 답례다. 나중에 당과나 사 먹거라."

"아저씨. 그 칭찬은 제가 감당할 수 없지만, 성의는 받을게요."

설화가 쑥스러운 듯 뒷머리를 긁적였다.

"하하, 아니다. 너는 이미 어떤 경지에서는 최고의 단계에 다다른 것 같구나."

현문이 설화를 보며 미소 지었다.

그 미소에 설화가 그에게 붓을 내밀었다.

붓을 받은 현문이 다시 한번 감탄했다.

"내 마음마저 꿰뚫어 보는구나."

"헤헤. 전서구를 가져왔으면 당연히 서찰을 쓸 붓도 필요하잖아요. 여기 종이도 받으세요."

설화가 내민 것은 전서구 통에 들어갈 만한 조그만 종이였다.

종이를 건넨 설화는 활짝 웃으며 현문이 건넨 은자를 품속에 넣었다.

그러고는 현문을 조용히 바라봤다.

그 모습에 한빈은 헛웃음을 삼켰다.

설화가 저리 바라보는 것은 다 속셈이 있는 것 같았기 때문이다.

설화는 용돈을 더 바라는 것이 분명했다.

암제의 재산을 획득한 후 설화는 남들에게 용돈을 받지 않아도 되는 재력을 지니게 되었다.

지금 품속에도 야명주 몇 개를 가지고 있었다.

그 야명주를 하나만 팔아도 목 좋은 곳에 점포 몇 개는 살 수 있을 정도다.

거기에 금와 전장에 맡겨 둔 금은보화 중 일부에는 설화와 청화의 몫도 있었으니, 딱히 돈을 모을 필요가 없는 상황이다.

하지만 설화는 언제나 알뜰살뜰하게 돈을 모으고 있었다.

언젠가 한빈이 설화에게 그 이유를 물어봤다.

하지만 설화는 비밀이라는 말로 대답을 회피했다.

한빈도 비밀이 많은 처지이니 더는 묻지 않았었다.

잠시 후 전서를 보낸 현문이 말했다.

"내 사형에게 자네가 준비됐으니 하북팽가로 오시라고 했네."

"꼭 그러실 필요는 없는데……."

사실 이 말은 진심이었다.

어찌 자신이 무림삼존 중 하나인 태극검제를 오라 가라 할
수 있겠는가?

용건이 있으면 무당을 지나가는 길에 찾아가면 되었다.

그때 현문이 진지한 표정으로 말을 이었다.

"이건 사형의 뜻이니 신경 쓰지 말게. 그럼……."

전서구를 날리려고 하던 현문이 잠시 말을 멈췄다.

그러고는 진지한 표정으로 말했다.

"문제가 생겼네."

"무슨 문제입니까?"

"사형은 아마도 무당에 없을 것일 텐데……. 전서구를 어
디로 보낸다는 말인가?"

현문이 허탈한 표정으로 하늘을 올려다보자 한빈이 웃었
다.

"그건 상관없습니다. 대신에 저희가 하북으로 돌아가려면
한 달은 족히 걸릴 것 같습니다. 그러니 그것도 같이 표시해
주시면 좋겠습니다."

"좋네. 그렇게 적겠네."

현문은 다시 쪽지에 일시를 덧붙여 전서구를 날렸다.

푸드덕.

비둘기가 날갯짓하며 어디론가 날아간다.

그 모습에 현문이 고개를 갸웃했다.

"그런데 저 비둘기는 대체 어디로 가는 것인가?"

"뭐, 비둘기 마음이죠."

"하하, 우문현답이네."

현문이 활짝 웃자 한빈은 멀어지는 비둘기를 바라봤다.

비둘기가 향한 곳은 하오문 군자현 지부였다.

하오문이라면 상대가 누가 되었든 정확히 파악해서 가져다줄 것이 분명했다.

꽃

한 달 뒤 하북팽가의 가주전.

하북팽가의 가주전에서는 모두가 한 곳을 바라보고 있었다.

가주전 뒤쪽, 그것도 정중앙에 걸린 족자였다.

족자의 길이는 성인 신장의 두 배 정도 되었으며, 바탕은 황금색이었다.

황금색이 어찌나 찬란한지, 염료가 아닌 진짜 황금 가루를 뿌려 놓은 것 같은 착각마저 들 정도였다.

족자를 바라보던 가주 팽강위가 작게 한숨을 내쉬었다.

"흠."

"왜 그러십니까? 형님."

집법당주 팽대위가 조심스럽게 묻자, 팽강위가 족자를 가리켰다.

"이걸 어떻게 하는 것이 좋겠는가?"

"황제께서 하사하신 족자인데 가주전에 걸어 놔야 하지 않겠습니까?"

"허허. 하지만 문구가 문제 아닌가? 동생."

"문구야 아무러면 어떻습니까?"

팽대위가 피식 웃으며 족자를 가리켰다.

가문의 각주들은 이미 족자에서 눈을 떼지 못하고 있었다.

팽강위의 말대로 족자에 적힌 문구가 문제였다.

하북팽가를 북경을 지키는 용이라 표현했으며, 그 용은 여의주 대신 검을 물고 있다고 했다.

그야말로 황제가 내릴 수 있는 최고의 칭찬이었다.

문구를 보던 팽강위가 입맛을 다셨다.

"그냥 여의주로 해 주시지. 중원일검이라……."

하북팽가를 중원일검으로 표현했다.

아쉬운 듯한 팽강위의 표정은 진심이었다.

중원일검이라는 문장을 인정해 버리면 하북팽가 무공의 정체성이 흐려진다.

가주 팽강위를 비롯한 모든 이의 생각은 비슷했다.

하지만 그들은 차마 그 말을 하지 못하고 있었다.

황제가 하사한 족자를 창고에 처박아 둘 수도 없는 노릇이고…….

중원일검이란 글자가 적힌 족자를 가주전에 놓아둘 수도

없었다.

차라리 중원일도(中原一刀)라고 써져 있었으면 자랑스럽게
걸어 놨을 것이었다.

한마디로 처치 곤란이었다.

모두가 입술만 달싹이고 있는 상황에서 집법당주 팽대위
만이 족자를 보며 싱글벙글 웃고 있었다.

그 모습에 팽강위가 물었다.

"동생은 뭐가 그리 좋아서 웃나?"

"그래도 막내가 대견하지 않습니까?"

잠시 머뭇거리던 팽강위가 한빈의 얼굴을 떠올리고는 고
개를 끄덕였다.

"……대견하긴 하지. 하하."

팽강위는 황제에게 받은 하사품을 어떻게 처리할까를 잠
시 잊었다.

그저 막내 한빈을 떠올리고는 미소 지었다.

팽대위도 크게 웃었다.

"하하."

그들의 호탕한 웃음이 가주전을 가득 채웠다.

웃음이 희미해질 때쯤 족자를 바라보던 팽대위가 고개를
갸웃했다.

"형님, 그런데 막내 조카가 이번에는 무슨 공을 세웠답니
까?"

"흠. 그건 비밀이네, 동생."

"허, 형님도 막내를 닮아 가십니다."

"뭐, 칭찬으로 듣겠네."

팽강위가 조용히 수염을 쓸어내리며 웃자, 팽대위는 의미심장한 표정을 지었다.

가문 내의 한빈의 위상이 이리될 것이라고는 몇 해 전까지는 상상도 하지 못했을 것이다.

팽강위가 칭찬으로 듣겠다는 말은 비록 농담이지만, 이전에는 상상도 할 수 없는 말이었다.

한빈을 닮았다는 것은 하북팽가뿐 아니라 하북 전체에서도 욕에 가까웠기 때문이다.

가주 팽강위는 동생 팽대위의 의미심장한 표정에도 아랑곳하지 않고 조용히 족자를 바라봤다.

황궁의 명으로 하북의 성주가 팽가를 방문한 것이 어제 일이었다.

그는 황궁에서 가져온 수많은 보물과 함께 이 족자를 내리고는 사라졌다.

재미있는 것은 황제가 상을 내리는 이유를 하북성의 성주조차 알지 못했다.

그저 황명이라면서 대답을 회피했다.

마치 지금의 자신처럼 말이다.

그때였다.

가주전의 문이 열렸다.

덜컹.

그 소리와 함께 무사 하나가 먼지를 풀풀 날리며 달려왔다.

타다닥.

덕분에 모두의 시선이 그에게 몰렸다.

집법당주 팽대위가 재빨리 그에게 물었다.

"무슨 일인가?"

"지금 정문에 도착했습니다, 당주님."

"누가 도착했다는 말인가?"

"막내 공자님이 도착했습니다."

"한빈이 도착했다는 말이냐?"

"네, 그렇습니다."

"아, 역시……."

팽대위는 조용히 팽강위를 바라봤다.

시선이 마주친 팽강위는 조용히 고개를 끄덕였다.

순간 팽대위가 물었다.

"아쉽지 않으십니까?"

"할 수 없지 않은가."

"그래도 유림 서원인데……."

"무가에서 유림 서원의 과정을 정상적으로 마친다는 게 가능한 일이던가? 동생."

"하긴 그렇습니다. 그래도 제법 오래 버텼습니다."

팽대위가 고개를 끄덕이자 대화를 듣던 접객당주가 다급히 끼어들었다.

"그 말이 맞습니다. 유림 서원의 모든 과정을 마치는 것은 불가능합니다. 사실 제갈세가나 모용세가 같은 가문 빼고는 유림 서원에 발을 디딘 무림세가의 자제는 없지 않습니까?"

"……."

"정확히는 유림 서원의 모든 과정을 마친 인재를 보유한 무림세가는 제갈세가 한 곳입니다."

"그건 그렇다네, 집법당주."

"유림 서원에서 한 학기를 견뎠다는 것 자체가 대단한 일입니다. 거기에 붓 대신에 강한 호랑이의 이빨을 가지고 있지 않습니까?"

호랑이의 이빨은 팽가의 도를 의미함이었다.

접객당주는 가주전 뒤쪽에 있는 팽강위의 거도를 가리켰다.

접객당주는 하북팽가에서 학문이 가장 높은 자 중 하나였다.

이것은 진심에서 우러나온 말이었다.

사실 접객당주는 얼마 전까지만 해도 막내 공자를 인정하지 않고 있었다.

갑자기 사람이 변할 리 없는 법.

하북제일의 검쟁이라 불리던 한빈을 접객당주는 경계했다.

거기에 갑자기 비약적으로 발전한 막내 공자의 무공은 누구도 이해하지 못했다.

계속 쌓이는 막내 공자의 공적을 접객당주는 인정하지 않았다.

그렇게 경계하던 접객당주가 바뀐 계기는 바로 막내 공자 한빈의 유림 서원 입학이었다.

황실의 힘으로 이루었든 한빈의 실력으로 이룬 성과이든, 그것은 중요하지 않았다.

하북팽가의 구성원이 유림 서원에 발을 들여놨다는 자체가 접객당주의 가슴을 뛰게 했다.

접객당주는 어릴 적부터 학문에 대한 열망이 있었다.

그 열망을 풀어 줄 곳이 바로 유림 서원이었다.

하지만 그는 유림 서원의 근처에도 가 보지 못했다.

그런 접객당주의 꿈을 한빈이 대신 이루어 준 것이다.

그가 다시 말을 이었다.

"유림 서원에 갔다는 자체만으로 막내 공자는 하북팽가에 공을 세운 것이나 마찬가지입니다. 도착하면 막내 공자에게 성대한 연회를 베풀어야 한다고 생각합니다. 물론 황실에서 세운 공적과는 별개로 말입니다."

접객당주의 눈빛은 마치 끓어오르는 용암과도 같았다.

팽강위가 기분 좋게 고개를 끄덕였다.

"접객당주의 말이 맞네. 비록 통과는 못 했지만 말이네."

"감사합니다, 가주님."

접객당주가 고개를 숙였다.

그때 가주전 밖에서 대화를 엿듣던 세가의 식솔들이 귓속
말로 소곤대기 시작했다.

"접객당주가 줄을 잘 타네."

"그래도 버티지 못하고 나온 것은 사실 아닌가?"

"그렇지. 그래도 다행이네."

"뭐가 다행인가?"

"막내 공자가 학문에도 능통하다면 우리는 뭘 먹고 사는
가?"

"하긴 그렇긴 하네. 유림 서원은 뒷배에 상관없이 공정하
다고 하더니만, 진짜인가 보군."

"허허, 공정하기로는 소문이 난 곳 아닌가? 실력이 없으면
버티지 못하는 곳이니, 중간에 쫓겨난 것이지."

"쉿, 듣겠네."

"에이, 여기서는 안 들리니 걱정하지 말게."

"그런가……."

그들은 하북팽가 내에서 사무를 보는 서기들이었다.

무림세가에서 업무를 볼 만큼 학문에는 소양이 있는 이들
이 대부분이었다.

서기 중 몇은 한빈을 질투하는 이도 있었다.

그도 그럴 것이, 그들 중에는 향시에 번번이 떨어진 서생 출신이 많았다.

그렇기에, 유림 서원에 대해서 누구보다 더 잘 알고 있었다.

그들에게 유림 서원은 학문의 열정을 채워 줄 곳이 아니었다.

그곳은 출세의 지름길을 나타내는 상징이었다.

그도 그럴 것이, 유림 서원의 모든 과정을 마치게 되면 향시에 통과한 것과 같은 신분이 된다.

무가의 자제가 향시를 통과한다는 것이 말이나 되는가?

거기에 이곳은 하북팽가.

힘과 성깔로는 장원급제는 떼 놓은 당상이라는 소리를 듣는 하북팽가가 아니던가?

하북팽가에 유림 서원 출신의 인재는 어울리지 않았다.

목불식정

잠시 뒤 서기들의 웅성거림은 멈췄다.

멀리서 하북팽가 막내 공자의 행렬이 나타났기 때문이다.

서기 중 하나가 검지로 행렬을 가리켰다.

"저건 또 뭐지? 자세히 보니 완전히 홍일점이네."

약간은 비아냥대는 말투였다.

그는 하북팽가에서 일하는 중급 서기인 장문수였다.

어찌 보면 서기 중에서도 한빈에게 가장 반감을 품고 있는
자였다.

자신이 향시를 통과했다면 무림세가가 아닌 하북성 혹은
황궁의 관리로서 일했을 터였다.

하북팽가에서의 대우도 섭섭지 않았지만, 관리와 하북팽

가 서기의 신분은 하늘과 땅 차이였다.

그러니 우연히 유림 서원으로 간 막내 공자가 달가울 리 없었다.

그때 다른 서기가 반사적으로 고개를 돌리며 물었다.

"그게 무슨 말인가? 홍일점이라니⋯⋯."

그는 말끝을 흐렸다.

막내 공자의 행렬은 장문수가 말한 대로였다.

누가 봐도 홍일점이란 단어를 떠올릴 듯했다.

모든 이가 하얀 무복을 입고 있는 가운데, 오로지 한빈 혼자만이 붉은 무복을 입고 있었으니 말이다.

하얀 종이 위에 붉은 물감을 하나 떨어뜨려 놓으면 저런 광경이 될 터였다.

가장 처음 막내 공자의 행렬을 가리키던 서기가 고개를 갸웃하며 동료에게 물었다.

"막내 공자의 시비가 저렇게 많던가?"

실제로 한빈의 행렬은 제법 규모가 있었다.

서기들은 고개를 갸웃했다.

멀리서 볼 때는 몰랐지만, 가까이서 보니 무복을 입은 시비만이 아니었다.

뒤쪽에서는 하얀 의복을 입은 이들이 조용히 뒤를 따르고 있었다.

서기는 그들의 수를 세기 시작했다.

"그러게 말일세. 하나, 둘, 셋……."

숫자를 세는 이의 입술은 멈출 줄 몰랐다.

그들이 행렬의 숫자를 셀 동안, 한빈의 신형은 점점 가까워졌다.

점점 가까워지는 한빈의 모습에 서기들은 다급하게 입을 막았다.

한빈이 다가오자 서기들은 공손히 포권했다.

"사 공자님을 뵙니다."

똑같은 목소리가 가주전 앞에서 울리자, 한빈이 사람 좋은 얼굴로 손을 저었다.

"그리 예의를 취하지 않으셔도 됩니다."

"아닙니다. 공자님이 오신다는 말을 듣고 모든 식솔이 기다리고 있었습니다."

서기들은 아직 고개를 들지 못했다.

한빈이 유림 서원에 간 것에 대해서는 조금 질투가 나긴 했지만, 신분의 차이는 엄격한 법이었다.

거기에 조금 전까지만 해도 한빈을 안주 삼아 씹지 않았던가?

한빈이 지나가자 서기들은 그제야 고개를 들었다.

고개를 든 서기들은 동시에 석상이 되었다.

한빈의 뒤를 따르던 수많은 이는 처음 보는 이들이었다.

다만, 그들이 무사가 아니라는 것은 단번에 알 수 있었다.

그들은 누가 봐도 유생들이었다.

유생의 신분을 나타내는 관을 쓰고 있었으며 빳빳하게 다린 의복을 정갈하게 차려입고 있었다.

자세히 보니 행렬에는 유생들만 있는 것이 아니었다.

그중에는 나이가 지긋해 보이는 학사도 끼어 있었다.

문제는 그 학사의 모습이었다.

의복의 소매에는 유림(儒林)이라는 글자가 녹색으로 수놓아져 있었다.

녹색으로 유림이라 표시하는 곳은 단 한 곳밖에 없었다.

그곳은 유림 서원.

그중에서도 저런 의복을 입을 자격이 되는 사람은 그곳에서 강의하는 학사들밖에 없었다.

즉, 그들은 유림 서원의 강사들이라는 말이었다.

유림 서원의 학사들이 대체 왜?

이것이 서생들의 머릿속에 떠오른 의문이었다.

그들의 행렬은 순식간에 가주전 안으로 꼬리를 감추었다.

그들이 모두 가주전으로 사라지자 가주전 문이 닫혔다.

순간 서기들은 자신의 추측을 쏟아 내기 시작했다.

"유림 서원의 학사들이 왜 하북팽가에 온 거지?"

"……."

하지만 그 의문에 답해 줄 자는 아무도 없었다.

그때 장문수가 조심스럽게 입을 열었다.

"아무래도 큰일 난 것 같네."

"그게 무슨 말인가?"

"잘 생각해 보게. 유림 서원의 학사들이 얼마나 고고한지 다들 알지 않나?"

"흠, 그렇지. 성주에게도 고개를 숙이지 않는 것이 유림 서원의 학사들이지."

"그런데 여기에 왔다는 건······. 왜일 것 같나?"

"그야······."

"잘 생각해 보게. 보통 일이면 그들이 여기까지 왔겠는가?"

"흠."

"지금 막내 공자가 돌아왔다는 것은 과정을 못 마치고 돌아온 것이 아닌가? 중간에 돌아왔는데 유림 서원의 학사와 같이 왔다면······."

"그렇다면 혹시?"

"사고를 친 것이 분명하네."

"사고라······. 대체 무슨 사고를 쳤기에 유림 서원의 학사들이 따라왔단 말인가?"

"그야 나도 모르지. 다만, 일이 심상치 않으니······."

장문수가 살짝 말끝을 흐리더니 주변을 살폈다.

그 모습에 동료 서기 중 하나가 고개를 숙였다.

"왜 그러는가?"

"자네는 무림세가에서 가장 무서워하는 곳이 어딘지 아나?"

　"혹시 마교?"

　"마교보다 더 무서운 것은 바로 관이라네."

　"관이라……? 그 얘기를 왜 하는가?"

　"저들이 이곳에 온 것은 막내 공자의 잘못을 따지러 온 것이 분명하네. 그러지 않고서야 유림 서원의 강사들이 저렇게 줄줄이 이곳까지 따라왔겠는가?"

　"아니, 어제 황제 폐하가 상을 내리지 않았는가?"

　"나는 그게 불안하다는 말일세."

　"뭐가 말인가?"

　"강호에서 하북팽가를 언급하면 떠오르는 것이 무엇인가? 분명히 강호인들은 도(刀)와 호랑이를 떠올릴 것이네."

　"그건 당연한 게 아닌가?"

　"그런데 어제 족자에는 분명히 중원일검이라고 쓰여 있었네."

　"흠, 그게 무슨 문제인가? 막내 공자가 검을 쓰니 당연한 게 아닌가?"

　"내가 보기에는 아무래도 하북팽가를 안심시키려는 듯 보이네."

　"안심시킨다고?"

　"어제같이 상을 내리고 바로 뒤통수를 치는 거지."

장문수는 동료 서기의 뒤통수를 치는 시늉을 했다.

동료 서기는 어이가 없다는 듯 장문수를 바라봤다.

"에이, 말이 되는 소리를 하게. 그러면 황궁의 병사들이 같이 왔어야지, 왜 학사들만 같이 왔겠나?"

"흠, 하긴 자네 말도 일리가……."

장문수가 말끝을 흐리자 동료 서기가 물었다.

"왜 그러는가?"

"저, 저기 좀 보게!"

장문수가 하북팽가의 정문 쪽을 가리켰다.

그곳에는 유난히 눈에 띄는 행렬이 다가오고 있었다.

그들은 분명히 병사들이었다.

황금빛 허리띠가 유난히 눈에 띄는 것으로 봐서 그들은 분명히 금의위였다.

순간 서기들의 얼굴은 사색이 되었다.

그들은 슬금슬금 뒷걸음치며 주변을 살폈다.

　　　　　　　　　　🍂

가주전 안에서는 가주 팽강위를 비롯한 하북팽가의 고수들이 눈을 동그랗게 뜨고 있었다.

눈앞에 펼쳐진 모습이 믿어지지 않아서였다.

한빈이 이끌고 들어온 것은 다름 아닌 유림 서원의 동료 유생과 장유중 학장이었다.

장유중 학장은 가주 팽강위를 향해 정중하게 포권했다.

사실 그때까지만 해도 팽강위는 그다지 당황하지 않았다.

문제는 장유중이 자신의 신분을 밝히고 나서였다.

장유중의 명성은 무림세가에도 알려져 있었다.

당연하게도 팽강위는 장유중에 대해서 누구보다 잘 알고
있었다.

강호의 명성에 빗대어 표현하자면, 장유중은 천하 십대고
수에 들 정도였다.

그런 자가 자신에게 포권지례를 올렸다니!

장유중이 포권의 예를 올리는 경우는 거의 없다고 알려졌
다.

사실 포권이란, 상대에게 적의가 없음을 나타내는 동시에
자신이 무기가 없음을 나타내는 동작이다.

장유중이 든 것은 평생 서책과 붓.

그의 손에 무기가 있을 리 없었다.

물론 상대에게 적의를 가지고 있을 리도 없었다.

그런 이유로 장유중은 상대에게 가벼운 눈인사만 하는 것
으로 알려져 있었다.

그런데 갑자기 포권지례를 올리니 팽강위도 당황한 것이
다.

사실, 장유중의 그 명성만으로도 팽강위는 무림삼존 중 하

나가 자신에게 먼저 포권지례를 올리는 듯한 착각이 들었을 것이다.

팽강위가 손을 내저으며 포권했다.

"예가 과합니다, 어르신."

"아닙니다. 팽 유생에게 받은 은혜에 비하면 조족지혈이지요."

"허허, 제 아이가 어떤 도움을 주었는지는 몰라도 장 학장님의 예는 과합니다."

"하하. 팽 유생이 누굴 닮았나 싶었는데, 가주님을 쏙 빼닮았군요. 부럽습니다."

"자꾸 이러시니 제가 숨을 곳이라도 찾아야겠습니다."

팽강위는 손을 휘휘 저었다.

하지만 올라가는 입꼬리는 멈출 줄을 몰랐다.

그들은 간단한 인사를 나눈 후 계속 대화를 이어 나갔다.

팽강위는 이제 뒤쪽에 있는 유생들이 궁금했다.

그들은 과연 이곳에 무슨 이유로 왔을까?

팽강위의 눈빛을 눈치챈 듯 유생 하나가 앞으로 나왔다.

"인사드립니다. 저는 안휘양가의 양석봉이라고 합니다, 아버님."

"아버님? 안휘양가라면……."

팽강위의 눈이 다시 커졌다.

안휘양가라면 팽강위도 아는 유명한 가문이었다.

그 가문에서 배출한 재상만 벌써 둘이었다.

중앙 정계에 깊이 뿌리를 내린 가문을 모르려야 모를 수 없었다.

그때 다른 유생이 앞으로 나왔다.

"인사드립니다. 저는 산서최씨 가문의 최유지라 합니다."

"허허, 산서최씨라면……."

팽강위의 눈이 살짝 흔들렸다.

유림 서원에서 온 유생이라고 해서 대충 명문가의 자제이리라고는 예상하고 있었다.

하지만 이 정도로 막강한 권력을 가진 가문의 자제들이 유림 서원에서부터 한빈과 같이 올 줄은 몰랐다.

그들의 인사는 계속 이어졌다.

모든 인사가 이어지자 팽강위는 장유중을 바라봤다.

시선이 마주치자 장유중이 활짝 웃으며 말을 이었다.

"가주님의 눈빛을 보니 지금의 상황이 이해가 안 가는 모양입니다."

"네, 맞습니다. 학장님께서 직접 왕래하신 것도 그렇고, 이 많은 유생이 먼 길을 왔다는 게……."

"하하, 당연히 그러시겠지요. 사실 팽 유생은 혼자 돌아가겠다고 했습니다. 그런데 저희가 아쉬워서 이곳에 동행했습니다. 그만큼 팽 유생이 저희에게 소중하다는 뜻이겠지요."

"못난 자식을 사랑해 주셔서 감사합니다, 어르신."

"못나다니요. 그게 무슨 말씀입니까? 가주."

"일단 유림 서원의 과정을 끝내지 못하고 돌아왔으니, 학장님께도 심려를……."

가주 팽강위는 순간 말을 멈춰야 했다.

장유중이 손바닥을 보이며 말을 끊었기 때문이다.

더 이상한 것은 장유중의 표정이 묘하다는 것이었다.

황당하다는 듯 바라보는 것도 같았고.

씁쓸하다는 듯 입맛을 다시는 것 같기도 했다.

그 모습에 팽강위가 다급히 물었다.

"혹시 제가 실수라도 했습니까? 어르신."

"실수는 아닙니다. 하지만 잘못 알고 계신 것이 하나 있습니다."

"제가 잘못 알고 있다니……. 그게 무슨 말씀입니까?"

팽강위가 조심스럽게 눈치를 살피자, 장유중이 말을 이었다.

"팽한빈 유생은 과정에서 탈락한 것이 아닙니다."

"탈락한 것이 아니라니요? 그게 무슨 말씀입니까?"

팽강위는 장유중을 바라봤다.

그는 당황한 표정을 숨길 수 없었다.

꿈틀대는 눈썹을 겨우 진정시키고 장유중의 대답을 기다렸다.

그 모습에 장유중이 웃으며 말을 이었다.

"말 그대로 팽한빈 유생은 우수한 성적으로 유림 서원의 과정을 마쳤습니다."

"대체……."

"이걸 보시죠."

장유중은 품속에서 봉투 하나를 꺼냈다.

별다른 특징 없는 평범한 봉투였다.

팽강위는 아무렇지 않게 봉투를 열었다.

내용을 확인하기 위해 서찰을 펼친 팽강위는 눈을 크게 떴다.

그는 조용히 뒤쪽에 걸린 족자가 있는 쪽으로 시선을 돌렸다.

팽강위는 족자와 서찰을 번갈아 바라봤다.

황금 가루를 뿌려 놓은 듯한 반짝이는 재질의 종이가 똑같았기 때문이다.

순간 팽강위는 재빨리 무릎을 꿇었다.

누가 봐도 서찰은 황제의 하사품이었다.

탁.

"황명을 받겠습니다."

"예를 취하지 않으셔도 됩니다."

"……."

팽강위는 말없이 장유중을 바라봤다.

무슨 말이냐는 듯한 표정이었다.

시선을 받은 장유중이 활짝 웃으며 답했다.

"이건 유림 서원의 수료증입니다. 증서는 황궁에서 가져왔지만, 내용은 제가 썼으니 예를 차릴 필요는 없습니다."

"증서라고 하셨습니까?"

고개를 갸웃한 팽강위는 증서의 내용을 확인했다.

팽한빈이라는 이름 아래는 통(通)이라는 글자와 함께 장유중의 서명이 있었다.

"그런데 입학한 지 얼마 지나지도 않았는데 모든 과정을 마쳤다니……."

팽강위의 놀란 모습에 장유중이 말을 이었다.

"모든 강사와 동료 유생이 인정했기에 얻은 성과입니다."

"허허."

팽강위가 웃자 장유중이 뭔가 생각났다는 듯 말했다.

"참, 밖에는 금의위의 무사들이 도착했을 겁니다. 저희를 호위하기 위해서 온 무사들이니 놀라지 않으셔도 됩니다."

"……."

팽강위는 아무 말도 못 하고 장유중을 바라봤다.

장유중을 바라보던 팽강위의 시선이 다시 한빈에게 향했다.

팽강위는 지금의 일이 도저히 믿어지지 않았다.

유림 서원의 모든 과정을 조기에 통과했다는 것은 천하제일이 되었다는 것보다 더 놀라운 일이었다.

그때 집법당주 팽대위가 다급하게 끼어들었다.

"먼 길 오시느라 고생하셨습니다. 일단 짐부터 풀고 쉬신 다음에 연회에서 뵙도록 하겠습니다."

"호의에 감사드리오."

장유중이 밝게 웃자 팽대위는 앞을 가리키며 손짓했다.

자신이 직접 안내하겠다는 뜻이었다.

팽대위가 앞장서서 가주전의 문을 열었다.

덜컹.

문을 활짝 열어젖힌 팽대위가 고개를 갸웃했다.

가주전의 앞에 수많은 식솔이 모여 있었기 때문이다.

그런데 이상한 것은 다 죽어 가는 표정이었다.

그냥 죽어 가는 것이 아니라 어깨까지 파르르 떨고 있었다.

그중 하나는 얼굴이 아예 새파랗게 질려 있었다.

그는 중급 서기인 장문수였다.

그 옆을 지나치려던 팽대위가 잠시 걸음을 멈추고 물었다.

"대체 무슨 일이기에 죽을상을 하고 있느냐?"

"그, 금의위가 왔습니다."

장문수가 조심스럽게 가주전의 앞쪽에 도열해 있는 금의위를 가리켰다.

팽대위가 황당하다는 듯 말했다.

"나도 알고 있다."

"저희는 어떻게 되는 것입니까?"

"어떻게 되긴……. 어서 연회 준비를 하거라."

"네?"

"유림 서원에서 오신 귀빈과 그들을 호위하기 위해 고생한 금의위의 고수들에게 대접해야 할 것이 아니냐?"

"그게 무슨……."

"오늘 우리 가문에 경사가 났네."

"경사라니, 그게 무슨 말씀입니까? 집법당주님."

"우리 막내가 유림 서원의 모든 과정을 마치고 돌아왔다. 이게 가문의 경사가 아니고 무엇이겠는가!"

팽대위가 마지막 말에 내공을 담았다.

이유는 간단했다.

대충 식솔들 사이에 어떤 오해가 있는지 눈치챘기 때문이다.

사실, 그들이 이런 오해를 하는 것도 이해가 되었다.

지금 도열해 있는 금의위 무사들은 눈 하나 깜빡이지 않고 있었다.

누가 봐도 위협적인 모습이다.

사실 무림인이나 일반 백성 모두 관군을 그리 좋아하지 않는다.

일단 관에서 나왔다고 하면 죄를 짓지 않은 사람도 떨기 마련이었다.

생각해 보면 이유는 간단했다.

힘이 없는 일반 백성이라면 없는 죄도 만들어서 옥에 집어 넣을 힘이 있는 것이 바로 관리였다.

그런데 일반 관리도 아니고 무려 금의위였다.

한빈의 공을 치하하기 위해 하북팽가를 방문한 전력이 있지만, 그들의 눈에는 거대한 벽처럼 느껴질 터였다.

그게 바로 권력이니 이상할 것은 없었다.

거기에 더해 장유중과 나눈 대화는 주변에 몇몇 사람밖에는 들을 수 없었다.

밖으로 말이 새어 나가지 않게 기막을 펼쳤기 때문이다.

그런 이유로 밖에서 귀를 쫑긋 세우고 있던 서기들은 안쪽의 대화를 전혀 들을 수 없었던 것.

팽대위는 식솔들의 오해를 풀기 위해 한빈에 대한 자랑을 대놓고 외쳤다.

오해를 풀겠다는 의도만은 아니었다.

팽대위는 가문 내에서 한빈의 입지를 굳히고 싶었다.

첫째 팽혁빈이 가주의 자리를 잇겠지만, 하북팽가가 중원 제일가로 우뚝 서기 위해서는 한빈의 도움이 필수적이었다.

팽대위는 문서를 읽는 것은 지독히 싫어하지만, 무림과 가문 내부의 판세에 대해서는 정확히 읽고 있었다.

첫째 팽혁빈에 대한 권위는 인정하면서도 막내 한빈에 대한 권위는 인정하고 있지 않았다.

그 이유는 한빈이 행한 많은 공적 중 대부분이 비밀에 부쳐졌기 때문이었다.

밖에서는 생불이니 천수장의 성인이니 하며 추앙받기도 하지만, 한빈에 대한 내부 평가는 아직도 박하기만 했다.

말을 마친 팽대위는 부드러운 눈길로 식솔들을 훑어봤다.

하지만 아무리 부드럽게 바라본다고 해도 팽대위의 험악한 인상은 어디 가지 않았다.

턱선을 가로지르는 흉터가 묘하게 일그러지자, 웃는 게 아니라 호랑이가 먹잇감을 바라보는 듯한 분위기가 만들어졌다.

장문수를 비롯한 서기들은 반사적으로 고개를 끄덕였다.

팽대위의 말에 동의해서가 아니었다.

그의 위압감에 고개를 끄덕일 수밖에 없던 것이다.

팽대위가 지나가자 그들은 바로 표정을 풀었다.

그의 기세에서 벗어나자 다시 의심이 싹튼 것이다.

그들 중 몇몇 서기는 팽대위의 뒷모습을 의심 가득한 눈초리로 바라봤다.

그때였다.

장문수는 어디선가 자신을 바라보는 시선에 등골이 서늘해졌다.

고개를 돌려 보니 그곳에는 막내 공자 한빈이 환하게 웃고 있었다.

장문수는 재빨리 고개를 숙였다.

하지만 한빈의 시선은 그대로였다.

한빈은 장문수에게 시선을 고정한 채 팽대위의 뒤를 따랐다.

그 모습에 팽대위가 물었다.

"저자를 왜 그렇게 유심히 보느냐? 마음에 안 드는 행동이라도 한 것이냐?"

"마음에 안 들다니요? 절대 아닙니다. 그저 재능이 있어 보여서 유심히 봤을 뿐입니다."

"허허, 재능이라……. 이제는 상대의 재능도 알아보는 것이냐?"

"그런 건 아니고 그의 눈에 총기(聰氣)가 보여서 유심히 살폈습니다."

그들의 대화에 뒤따라오던 총관이 조심스럽게 끼어들었다.

"총기라니, 그게 무슨 말씀입니까? 공자님."

"그냥 하는 말이니 괘념치 마십시오. 저 서기의 이름이 아마도 장문수였지요?"

"허, 이름까지 아십니까?"

총관이 놀란 듯 눈을 크게 뜨자 한빈이 사람 좋은 얼굴로 답했다.

"식솔 모두 제 가족과도 같은데, 어찌 이름을 모르겠습니까? 그 옆에 있는 자의 이름은……."

한빈의 말에 총관뿐 아니라 팽대위까지 놀랐다.

자신도 모르는 식솔들의 이름을 한빈은 모두 알고 있었다.

어찌나 놀랐는지 팽대위는 힐끔 총관을 바라봤다.

한빈이 말한 내용이 정확한지를 묻는 것이었다.

팽대위의 시선에 총관이 고개를 끄덕였다.

사실을 확인한 팽대위가 웃음을 터뜨렸다.

"하하, 유림 서원에서 공부한 게 헛것이 아니구나."

"그곳에서의 하루하루는 제게 많은 공부가 되었습니다."

한빈은 푸근한 얼굴로 긍정했다.

이건 진심이었다.

이리 식솔의 이름을 하나도 안 빠지고 기억할 수 있었던 것은 심화편에 '지(智)'의 구결이 추가되었기 때문이었다.

지의 구결은 저절로 차는 것이 아닌 사람에게만 얻을 수 있는 것.

한빈은 모든 유생과 강사 들로부터 지의 구결을 획득했다.

이제는 유림 서원에서 얻을 것은 다 얻었다고 생각하던 한빈의 눈에, 지의 구결을 나타내는 점이 들어왔다.

유생들도 아니고 장유중 학장도 아니었다.

가문에서 일하는 서기들에게 보인 것이다.

문제는 서기들에게 어떻게 지의 구결을 얻어 내느냐 하는 점이었다.

한빈은 지금 구결 하나가 아쉬운 상태였다.

지의 구결을 완전히 모아 보면 백경을 상대할 좋은 생각이 떠오를지도 몰랐다.

거기에 더해 구결을 모으는 것은 이제 본능과도 같았다.

닭이 새벽에 울고.

토끼가 호랑이를 피해 달아나고.

맹수가 배고프면 먹이를 찾아 헤매는 것처럼, 한빈도 본능적으로 구결을 보면 갈증을 느끼고 있었다.

눈을 빛내던 한빈이 묘한 미소를 지었다.

하북팽가 식솔들은 연회를 준비하기 위해 정신없이 뛰어다녀야 했다.

갑자기 백 명에 가까운 연회를 준비해야 하는 상황에, 서기들까지 모두 총동원되었다.

그중 중급 서기 장문수는 이 상황이 이해가 안 된다는 듯 고개를 내젓고 있었다.

그 모습에 동료가 물었다.

"대체 뭐가 그리 불만인가?"

"이해가 안 되어서 그러네. 어떻게 반년 만에 유림 서원의 과정을 마칠 수 있단 말인가?"

장문수는 불만이 가득한 눈으로 유생들과 한빈의 행렬이
사라진 곳을 가리켰다.

그 모습에 동료가 고개를 저었다.

"지금 확인하지 않았나? 왜 이리 의심이 많은가?"

"증서만 가지고 어찌 확인할 수 있겠나. 부마 후보이기에
준 특권일 수도 있지 않나?"

"부마 후보라……."

동료 서기는 말끝을 흐렸다.

사실 하북팽가의 내부에 그런 소문이 돌기도 했다.

그때 어디선가 발소리가 들렸다.

터벅터벅.

그 소리에 그들은 재빨리 대화를 멈췄다.

장문수는 조심스럽게 고개를 돌렸다.

소리가 나는 곳에서는 그들을 향해 하북팽가의 총관이 걸
어오고 있었다.

장문수의 앞에 선 총관이 눈을 가늘게 떴다.

"무슨 이야기를 그리 재미있게 하는가?"

"아, 아닙니다. 총관 어르신."

장문수가 손을 저으며 어색하게 웃자 총관이 말을 이었
다.

"표정을 보니 뭔가 있는 것 같네만은?"

"정말 아무것도 아닙니다."

"그럼 나를 따라오게."

총관이 수염을 쓸어내리며 장문수에게 손짓했다.

"무슨 일입니까? 총관님."

"참, 자네만으로는 안 되겠군. 여기서 일손을 돕고 있는 서기를 다 불러와야 할 것 같네. 다들 내 방으로 오라 전하게."

"……."

"연회 때 행사를 준비해야 할 것 같아서 그러는 거니, 지레짐작하지 말게."

"지레짐작이라니, 그게 무슨 말입니까?"

"아까 표정을 보니 겁먹은 것 같아서 하는 말이었네. 상대가 없을 때는 나라님도 험담할 수도 있는 법이 아니겠는가? 하하."

총관은 활짝 웃었다.

⁂

몇 시진 후.

한빈은 유림 서원의 친구들과 마주하고 있었다.

유림 서원에서 결론을 못 내었던 죽림칠회를 이곳에서 마무리 짓자는 한빈의 제안 때문이었다.

연회에 앞서 서로의 문장을 뽐내는 자리는 흥을 돋우기에도 적당해 보였다.

한빈과 양석봉 그리고 최유지와 홍금호가 자리에 앉아서
마주 보고 있었다.

그뿐이 아니었다.

설화와 청화 그리고 소군까지 함께 자리했다.

설화와 청화에 소군까지 문장을 겨루는 자리에 참석한 것
은 장유중의 제안 때문이었다.

장유중은 설화와 청화 그리고 소군을 유림 서원의 유생으
로 인정하고 있었다.

설화와 청화의 참여 덕분에 하북팽가 식솔들은 적잖게 당
황하고 있었다.

한빈은 모르겠지만, 그 시비들까지 장유중에게 인정받는
모습은 이해할 수 없었다.

하지만 누구도 의문을 입 밖에 내는 자는 없었다.

상석에서 눈을 빛내고 있는 가주 팽강위와 장유중 때문이
었다.

그들은 기대 가득한 눈으로 가운데에 마주 앉은 일곱 명을
바라보고 있었다.

그때 접객당주가 손뼉을 쳤다.

짝. 짝.

그 소리에 맞춰 하북팽가의 서기들이 지필묵이 놓인 쟁반
을 들고 등장했다.

일곱 명의 유생 옆에 선 서기들은 그들의 탁자에 지필묵을 올려놓았다.

그러고는 능숙하게 먹을 갈기 시작했다.

그들이 먹을 갈자 설화가 불안한 듯 주변을 둘러봤다.

"아, 이거 적응이……."

"왜 그래요? 언니."

소군이 조심스럽게 묻자 설화가 고개를 저었다.

"조금 낯설어서. 조금 전에 분명히 공자님께서 딱 하고 손가락을 튕겨야 했거든. 그리고 내가 먹을 갈면 공자님이 붓을 들고……. 원래 그게 정상인데 아쉽네."

"지금은 언니도 문장을 써야 하잖아요. 그런데 뭐가 문제예요?"

"왠지 소중한 임무를 빼앗긴 것 같아서 그러지……."

"뭐, 나중에 갈아 드리면 되죠."

"내가 먹을 갈아 드려야 일필휘지로 팍팍 써 나가실 텐데. 어쩌나?"

"에이, 저기 보세요. 저분도 먹을 잘 가시는 것 같아요."

"내가 보기에는 조금 부족해 보여. 먹을 가는 데는 속도도 중요하거든."

설화의 말에 소군이 고개를 갸웃했다.

"속도요?"

"일정한 속도와 힘으로 갈아야 먹물이 곱기 마련이란다.

소군아."

"아."

그들의 대화에 설화의 옆에서 먹을 갈던 서기가 움찔하며 자세를 고쳐 잡았다.

힐끔 그를 바라본 설화가 손을 저었다.

"저는 상관하지 마시고 그냥 편하게 해 주세요. 헤헤."

"네, 알겠······."

설화를 돕던 서기는 말끝을 살짝 흐렸다.

그는 어정쩡한 표정으로 설화를 힐끔 바라봤다.

자신이 하북팽가의 밥을 먹고 있긴 하지만, 막내 공자 한빈의 시비보다 신분이 낮다고는 생각하지 않았기 때문이다.

말을 높일 수도 없고 낮출 수도 없는 애매한 상황이었던 것.

서기들은 사실 살짝 불만을 품고 있었다.

이런 행사에 자신들이 동원된 것이 말이 안 된다고 생각하고 있었다.

그들 중 몇몇은 유림 서원에서 온 유생들의 실력까지 믿지 않고 있었다.

학문이 뛰어나서가 아니라 가문의 힘 덕분에 과대평가를 받고 있다고 생각했다.

거기에 막내 공자 시비의 시중까지 들어야 하니 불만은 커질 수밖에 없었다.

하지만 설화는 그의 말투에는 관심이 없다는 듯 고개를 돌렸다.

그러고는 끝내 아쉬운 듯 한빈을 바라보며 입맛을 다셨다.

그 표정에 소군과 청화가 피식 웃었다.

소군도 설화의 마음을 이해할 수는 있었다.

설화는 주변의 시선에 아랑곳하지 않고 한빈을 돕는 서기를 부러운 눈으로 바라봤다.

한빈의 옆에는 중급 서기 장문수가 있었다.

장문수는 지금 표정 관리가 되지 않았다.

설화가 바라보는 것이 마치 자신의 잘못을 꿰뚫어 보고 있는 것 같아서였다.

그는 이곳에 불려 올 때부터 한빈의 험담을 한 것이 마음에 걸렸었다.

이곳에 불려 와서 유생들이 문장을 쓰는 것을 돕는 것까지는 이해가 되었다.

그런데 하필이면 한빈의 옆이라니!

마치 일부러 그를 이곳에 배치한 것만 같았다.

거기에 더해 장문수는 이곳이 가시방석 같았다.

그도 어릴 적부터 관직을 위해 글공부를 한 서생이었다.

그런데 한빈 일행을 빼면 모두가 명성이 쟁쟁한 명문가의 자제들이었다.

장문수는 그들의 가문을 듣는 순간 기가 눌린 것이다.

그때였다.

접객당주가 가주 팽강위를 향해 가볍게 포권했다.

팽강위가 장유중 쪽으로 시선을 돌렸다.

이 행사가 하북팽가에서 이루어지는 것이긴 하나, 어찌 보면 유림 서원의 일이기 때문이다.

장유중이 만족스러운 표정으로 고개를 끄덕였다.

"저는 상관없으니 진행하시오."

"그럼."

살짝 고개 숙인 팽강위가 자리에서 일어났다.

그러고는 앞에 있는 물건 하나를 집었다.

어찌나 빠른지 그가 무엇을 잡았는지 본 사람은 아무도 없었다.

사람들이 감탄할 틈도 없이 팽강위는 물건을 어디론가 날렸다.

팽강위가 날린 물건은 연회장의 입구로 쏜살처럼 날아갔다.

휙.

날아간 물건이 연회장의 입구 위 대들보에 박혔다.

푹.

물건은 조그마한 붓이었다.

붓을 화살처럼 쏘아 낸 것.

화살처럼 날아간 붓대는 대들보 위에 묶어 놓은 끈에 적중했다.

붓대가 끈을 잘라 내자 거대한 족자 하나가 펼쳐졌다.

족자 위에서는 거대한 붓으로 쓴 듯 보이는 문구가 나타났다.

다(多).

기(奇).

근(近).

전(旃).

수(雖).

필체는 마치 용과 봉황이 어울려 노는 듯 장엄하면서도 생동감이 넘쳤다.

연회장에 모인 이들은 족자의 내용보다 그 필체에 입을 떡 벌렸다.

그것은 장유중 학장이 낸 시제였다.

대들보에 묶인 족자는 여섯 개가 더 있었다.

총 일곱 개의 족자가 대들보에 걸려 있었던 것.

장유중은 이 행사에 앞서 팽강위와 함께 이 족자를 만들었다.

장유중은 족자에 적힌 시제를 썼고 팽강위는 족자를 대들보에 걸었다.

시제는 장유중과 팽강위만이 알고 있었다.

둘은 그 후 떨어진 적이 없었다.

그만큼 그들은 할 말이 많았다.

팽강위는 만류귀종이라는 말을 장유중으로부터 느꼈다.

무공에 대한 대화를 나누거나 학문에 대한 대화를 나눌 때 서로는 막힘이 없었다.

팽강위는 장유중과의 대화를 통해 명불허전이라는 단어를 뼛속 깊이 깨달았다.

팽강위가 보았을 때 장유중은 무림삼존에 뒤지지 않은 깨달음을 얻은 자였다.

그런 사람이 자기 아들을 이리 칭찬하니, 어깨춤이라도 추고 싶은 심정이었다.

물론 팽강위는 그 충동을 겨우 참았다.

모두가 장유중의 필체에 대해서 감탄하고 있을 때였다.

장유중이 규칙을 설명했다.

"자, 지금부터 이전에 못 끝냈던 죽림칠회를 시작할 텐데……."

규칙은 간단했다.

막히는 자는 탈락이요, 탈락한 자가 없으면 남은 족자를 모두 펼치면 되었다.

먼저 붓을 든 것은 최유지였다.

그는 막힘없이 붓을 놀렸다.

휙. 휙.

문장을 적자 옆에 서 있던 서기가 그 종이를 모두가 볼 수 있게 들어 올렸다.

다작보화(多作寶化) 결보요기(結步搖綺).

순간 여기저기서 웅성거리기 시작했다.

"명필이군."

"허허, 유림 서원의 명성은 진짜였어."

물론 같이 온 유생들마저 손뼉을 치며 감탄했다.

"보배처럼 풍요롭게 키운 꽃으로 꽃다발을 엮는다는 말이군."

"마치 이 자리를 비유한 것 같지 않은가? 좋군, 좋아."

최유지의 필체는 어느 하나 흠잡을 것이 없었다.

물론 문장의 내용도 모두의 마음에 들었다.

그때 장유중이 외쳤다.

"통(通)이네!"

장유중의 기준에서 통과해도 좋다는 말이었다.

이제 한빈의 차례였다.

한빈의 옆에 있던 장문수가 붓을 건넸다.

순간 그는 문득 자신이 실수했다는 것을 깨달았다.

먹물을 잔뜩 묻혀 붓을 건넨 것이다.

실수를 깨닫고 다른 붓을 건네려고 했지만 그렇게 멈칫한 것은 더 큰 실수였다.

멈칫하자 먹물이 종이 위로 흩날린 것이다.

한빈이 문장을 쓰기도 전에 종이의 이곳저곳에는 먹물이 묻어 버렸다.

누가 보면 일부러 그랬다고 할 수도 있는 노릇이었다.

장문수는 재빨리 고개를 숙였다.

"죄송합니다, 공자님, 다시 준비하겠습니다."

"괜찮습니다, 장 서기님."

"네?"

"그냥 여기에 쓰면 됩니다. 그러니 신경 안 쓰셔도 됩니다."

한빈은 아무렇지 않게 여기저기 먹물이 튄 종이를 가리켰다.

"아무리 그래도……."

장문수는 말끝을 흐렸다.

먹물이 튄 종이 위에 문장을 쓸 필요는 조금도 없었다.

물론 장문수가 이렇게 실수한 것에는 이유가 있었다.

바로 장유중 때문이었다.

장유중이 자신이 아는 누군가와 많이 닮아 있었기 때문이다.

장문수의 표정에는 아랑곳하지 않고 한빈은 다시 붓을 들었다.

장문수가 건네려 했던 먹물이 묻은 붓이었다.

한빈의 표정이나 행동은 모두 아무 일도 없었던 것처럼 평온하기만 했다.

장문수의 눈에는 그 표정마저 자신을 위한 것으로 보였다.

장문수의 마음이 살짝 일렁였다.

자신의 흠을 감추기 위해서 불이익을 무릅쓴다니?

누가 봐도 평소에 알던 사 공자가 아니었다.

한빈의 무공이나 학문을 인정한 것이 아니라 인성을 인정하게 되었다.

장문수는 미안한 표정으로 시제가 적힌 족자와 한빈을 번갈아 봤다.

다음 글자는 '기(奇)'였다.

문장도 어려운데 필체까지 망치게 되었으니…….

장문수는 터져 나오려는 한숨을 겨우 참았다.

뒤로 한빈을 욕하고 있었지만, 이번 일을 계기로 마음이 완벽하게 바뀌었다.

거기에 더해서 죄책감까지 느꼈다.

그때였다

장문수의 눈이 커졌다.

아무렇지 않게 문장을 적어 나가는 한빈의 모습 때문이었다.

더욱 놀라운 점은 한빈이 붓을 움직일 때마다 종이 위의 점들이 사라졌다는 것이었다.

한빈의 붓놀림은 검은 점들을 모두 가리고 있었다.

장문수는 눈을 가늘게 뜨며 한빈의 붓에 집중했다.

자세히 보니 앞선 유생의 필체와는 살짝 크기가 달랐다.

장문수는 자신도 모르게 입을 딱 벌렸다.

자신의 잘못을 덮어 주면서도 생각지도 못한 문장을 거리낌 없이 쓰다니?

자신이라면 불가능한 일이었다.

장문수가 멍하니 있을 때였다.

한빈이 서글서글한 목소리로 말했다.

"다 적었습니다. 제 문장을 보여 주셔도 좋습니다."

"아, 죄송합니다. 공자님."

장문수가 다급하게 종이를 들어 올렸다.

기초방화(奇草芳花) 불역풍훈(不逆風薰).

순간 다시 실내는 술렁이기 시작했다.

먼저 입을 연 것은 유림 서원에서 함께 이곳까지 온 유생들이었다.

"허허, 서체가 역시 팽 유생답군."

"역시 팽 유생의 서체는 남다르다니까."

"서체뿐인가? 내용을 보게. 앞에서 최 유생이 쓴 것을 받으면서도 살짝 튼 것이 아닌가?"

"기묘한 풀도 아름다운 꽃도 그 향기가 바람을 거슬러서는 퍼지지 못한다니……."

"우리의 인연이 운명이라는 뜻이 아닌가?"

그들은 저마다의 해석을 내놓으며 한빈을 칭찬하기에 바빴다.

물론 앞에서 모든 광경을 목격했던 서기들은 입을 다물지 못하고 있었다.

옆에서 일을 돕던 장문수의 실수를 덮어 주기 위해 먹물이 튄 종이 위에 문장을 썼는데, 지금은 그 먹물이 튄 자국이 전혀 보이지 않았다.

교묘하게 행과 글자의 크기를 맞추어 가린다는 게 가능하던가?

중요한 것은 한빈의 행동이었다.

그렇게 완벽한 문장을 써 놓고도 아무렇지 않게 허공을 바라보고 있었다.

누가 봐도 득도한 고승처럼 보였다.

물론 최유지를 비롯한 유생들은 지금 무슨 일이 일어났는지를 알고 있었다.

그들 중 양석봉이 말했다.

"팽 유생은 여전하군."

"아무렴, 여전하고말고. 겸손하기로는 천하제일이지. 저 정도의 실력이라면 나라면 자랑하고 싶어서 근질거릴 텐데, 저 표정 보게."

홍금호가 뿌듯한 표정으로 한빈을 가리켰다.

물론 한빈의 표정이 득도한 고승처럼 보이는 이유는 따로 있었다.

지금도 계속 올라가는 심화편의 구결의 숫자를 확인하고 있기 때문이었다.

한빈은 꽤 많은 지의 구결을 획득했다.

계속해서 올라가는 지의 구결.

그러다 드디어 올라가던 지의 구결이 멈췄다.

[심화편]

[……]

[지(智) : 오십(五十)]

심화편이 담을 수 있는 구결의 한계는 각각 백 개였다.

그중 지의 구결은 마흔 개를 채웠었다.

이번 성과로 쉰 개가 되었으니 이제는 한계 용량 중 반을 채우게 된 것이다.

천 리 길도 한 걸음부터라더니, 벌써 여기까지 왔다.

지의 구결을 얻는 순간, 한빈은 많은 상상을 했다.

유림 서원에서 얻은 새로운 지의 구결이 상단전과 밀접한 관련이 있을 것이라는 추측이었다.

지의 구결이 늘어나자 그 추측이 맞았다는 것을 확인했다.

아마도 백 개를 모두 채우고 나면 용린검법이 연자에게 주고 싶은 안배가 드러날 수도 있었다.

순간 갑자기 용린검법이 반짝이기 시작했다.

[용린검법의 주인에게 알려 드립니다.]

[구결을 획득할 수 있는 조건이 추가되었습니다.]

[강호에 흩어진 인연은 구결만큼이나 중요합니다.]

뭐지? 이게 끝?

한빈은 고개를 갸웃했다.

뜬금없이 나타난 글귀는 지의 구결을 쉰 개나 채운 한빈으로서도 풀이할 수가 없었다.

용린검법의 구결을 획득하는 방법과 강호에 흩어진 인연이라니!

한빈은 자신도 모르게 불만 섞인 감정을 드러냈다.

그때까지도 한빈은 모두의 시선이 자신에게 모였다는 것을 깨닫지 못하고 있었다.

한빈의 표정에 가장 먼저 반응한 것은 장유중이었다.

처음에는 허허롭게 허공을 보는 한빈의 행동에서 고승의 풍모를 느꼈다.

이 모습에는 그리 놀라지 않았다.

그 전에도 항상 봐 왔던 낯설지 않은 모습이기 때문이다.

장유중은 평소에도 사색에 빠져 허공을 바라보는 한빈을 봐 왔었다.

그 모습에는 한 점 욕심도 보이지 않았다.

한빈이 허공을 바라보는 모습은 마치 경전을 바라보는 도인의 모습과도 같았다.

추상적인 의미가 아니었다.

실제 경전을 바라보는 것 같은 착각이 들 정도였다.

그런데 이번에는 한빈의 표정이 바로 변했다.

지금은 불만 가득한 표정으로 허공을 응시하고 있다.

이제까지는 못 보던 모습이었다.

대체 저것은…….

장유중은 잠시 눈을 감았다.

분명히 자신의 문장에 만족하지 못하고 있는 것이다.

장유중이 보기에 한빈이 써낸 문장은 완벽했다.

그런데도 만족하지 못한다는 것은 출제자의 탓이었다.

즉, 장유중 자신의 실책이라는 것이다.

장유중은 자신도 모르게 헛웃음을 토해 냈다.

"허허."

"갑자기 왜 그러십니까? 저희가 실수라도……."

가주 팽강위가 바로 반응하자, 장유중이 그제야 눈을 떴다.

"가주님은 제가 낸 시제에 대해서 알고 있습니까?"

"시제라니, 그게……."

"저 족자에 걸린 시제 말입니다."

그들의 목소리는 제법 컸다.

덕분에 이곳에 있는 모든 사람의 시선이 팽강위와 장유중의 대화에 쏠렸다.

모두가 집중하고 있는 가운데, 팽강위가 답했다.

"저는 저 시제의 운이 어떤 의미를 담고 있는지 전혀 모릅니다. 다만, 학장님의 서체가 훌륭하다는 것만 알고 있을 뿐이죠. 사실 아까 학장님이 커다란 붓을 잡으실 때 저는 놀랐습니다."

"놀라다니요?"

"마치 거도를 쥔 무인의 기세를 느꼈습니다. 이건 빈말이 아닙니다."

"하하, 높이 평가해 주셔서 감사합니다. 사실 제가 하고 싶은 말은 하나입니다."

"말씀해 보시죠."

"부럽다는 말씀을 드리고 싶군요."

"부럽다니요?"

"제가 품을 수 없는 유생은 처음 보는군요."

"그게 무슨 말씀입니까? 제가 도만 잡다 보니 학장님이 말씀하시는 깊은 뜻을 헤아리지 못하는 것 같습니다."

"그냥 말 그대로입니다. 훌륭한 아드님을 두셨습니다. 아까 제가 시제에 대해서 아시느냐고 물어봤었죠?"

"네, 그렇습니다."

"제가 낸 시제의 운은 모두 사서삼경과 불교사경에서 가져온 겁니다. 사서삼경과 불교사경을 모두 외우고 있다면 문장은 문제가 안 됩니다."

"아, 제게는 어렵군요."

"팽 유생이 문장의 첫머리로 쓴 기(斋)는 사실 사서에서 뽑은 운입니다. 그런데 팽 유생은 그걸 불경으로 받아쳤습니다. 어찌 보면 제 의도에서 완벽하게 비껴간 것입니다. 왜 그랬을까요?"

마치 학생에게 문제를 내는 훈장처럼 장유중은 팽강위를 바라봤다.

그가 이번 문제를 낸 의도는 간단했다.

문장을 만들라는 것이 아니었다.

공부한 문장을 이용해 시를 만들어 보라는 것이었다.

그런데 한빈은 자신이 미리 뽑은 최적의 문장보다 더 뛰어난 문장을 불경에서 찾아 쓴 것이다.

거기에 남의 흠을 가리기 위해 쓴 필체라고는 믿을 수 없을 만큼의 명필이었다.

문제는 장유중의 말이 꽤 깊이가 있었다는 점이었다.

그들의 대화에 집법당주 팽대위는 슬쩍 자리를 피했다.

아무래도 불똥이 자신에게 튈 것을 염려해서였다.

글자라면 보고서만 해도 지긋지긋했다.

술자리에서까지 이렇게 학문을 논하는 것은 그의 적성에 맞지 않았다.

물론 가주 팽강위도 마찬가지였다.

가문 내에서 뛰어난 머리를 인정받으며 가주의 자리까지 올라온 팽강위였다.

그런데 지금의 문제는 그의 머리를 짓눌렀다.

마치 머리에 제천대성의 긴고아를 채워 놓은 듯한 착각마저 들 정도였다.

팽강위는 당황한 표정으로 수염을 쓸어내렸다.

"흠."

"그 이유는 한 가지입니다. 옆에서 먹을 갈아 주던 서기의 잘못을 덮어 주기 위해 가장 최적의 문장을 뽑은 것이죠. 사실 저는 제가 생각하고 있던 문장보다 팽 유생이 뽑은 문장이 더 잘 어울린다고 생각합니다."

"아, 그런 이유가……."

물론 완벽하게 이해한 것은 아니었다.

하지만 장유중의 답변에 토를 달면 더욱 심오한 대화가 나올 것 같았다.

그때 장유중이 한빈을 가리켰다.

"그런데 저 표정을 보십시오."

"제 아이의 표정이 왜……."

팽강위는 말끝을 흐렸다.

누가 봐도 불만 어린 표정으로 어딘가를 바라보고 있었다.

모든 것이 장유중의 말대로였다.

현재에 만족하지 못하고 나아갈 길을 찾는 것이 분명했다.

그때 장유중이 말을 이었다.

"저 정도의 성취에도 만족 못 하는 팽한빈 유생의 모습을 보니, 저도 공부가 필요할 듯싶습니다. 껄껄."

장유중이 수염을 쓸어내렸다.

팽강위의 입꼬리가 슬쩍 꿈틀댔다.

대화는 심오했지만, 팽강위는 장유중의 말이 막내를 향한 찬사라는 것을 정확히 알고 있었다.

순간 장내는 쥐 죽은 듯 조용해졌다.

그때 한빈이 고개를 들었다.

허공에 떠 있던 글귀의 해석을 포기한 것이다.

얼마나 머리를 굴렸는지 한빈의 눈은 벌게져 있었다.

누가 봐도 심력을 적지 않게 소모한 듯 보였다.

한빈은 자신의 상태는 깨닫지도 못한 채 주변을 둘러봤다.

그때 멀리서 장유중의 우렁찬 목소리가 들려왔다.

"통(通)이네!"

실내의 사람들은 그 목소리에 일일이 반응하지 않았다.

예상했던 결과였기 때문이다.

최유지 때와는 다르게 어떤 함성도 들리지 않았다.

하지만 한빈은 용린검법이 전한 글귀에 심취해 있었기에 장유중과 팽강위의 대화에 대해서는 전혀 모르는 상태였다.

그런 이유로 지금의 반응은 조금 의외였다.

지의 구결을 열 개나 모은 것을 보면 한빈의 문장에 다른 서기들도 탄복했다는 것이었다.

그런데 이런 분위기라니!

예상과는 너무 다른 반응에 한빈은 고개를 숙여 자신의 문장을 다시 한번 바라봤다.

장문수에게 자신의 시중을 들게 한 것이나 이런 자리를 만드는 것에 동의한 것 모두 가문에서 생겨나는 잡음을 지우기 위해서였다.

사실 적혈맹호대를 중심으로 한 무사에게는 추앙받는 한빈이었다.

하지만 한빈은 유독 사무를 담당하는 서기들의 눈 밖에 나 있었다.

자신의 권위가 흐트러진다는 것은 가문의 발전에도 영향을 끼칠 수밖에 없었다.

가문에서 직계의 권위는 하늘이어야 했다.

그 하늘은 억지로 만들어지는 게 아닌, 그들이 항상 바라보는 진짜 하늘처럼 자연스러워야 했다.

전에는 자신과 아무 상관도 없는 가문이었다.

하지만 이제까지 많은 일을 겪으며 한빈과 가문의 관계는 변했다.

이제는 가족이라는 단어를 염두에 두고 일을 진행해야 했다.

다소 실망한 한빈은 그제야 고개를 들었다.

그는 멋쩍은 표정으로 주위를 둘러봤다.

순간 한빈은 고개를 갸웃했다.

모두가 한빈을 보며 존경의 시선을 보내고 있었다.

함성 대신 왜 저런 시선을?

거기에 더해 그들의 시선이 함성보다도 더 강렬하게 느껴지는 것은 왜일까?

그만큼 그들의 눈은 빛났다.

이건 착각이 아니었다.

다들 눈에는 반딧불이를 달아 놓은 듯 희미한 안광을 번쩍이고 있었다.

주변을 둘러보던 한빈은 장문수와 눈이 마주쳤다.

순간 한빈은 고개를 갸웃했다.

장문수의 눈빛이 왠지 촉촉하게 보였기 때문이다.

한빈과 눈이 마주친 장문수가 조용히 포권했다.

그때였다.

그곳에 모였던 서기들이 동시에 한빈에게 포권했다.

한빈은 그저 어깨를 으쓱할 뿐이었다.

왠지 자신의 의도대로 상황이 풀린 것 같았기 때문이다.

그때 한빈의 옆자리에서 작은 목소리가 들려왔다.

"팽 유생, 너무하구려."

고개를 돌려 보니 양석봉이 멋쩍게 웃고 있었다.

"왜 그러십니까? 양 유생."

"앞에서 기를 죽이면 뒷사람은 어떻게 합니까? 지금이라
도 포기해야 하나 고민이 들 정도입니다. 하하."

양석봉의 너스레에 잠시 숙연했던 실내에 웃음이 흘러나
왔다.

웃음의 시작은 가주 팽강위였다.

팽강위가 웃자 나머지 식솔들도 따라 웃은 것은 자연스러
운 현상이었다.

그 후 죽림칠회는 무사히 끝났다.

이제는 장유중 일행과 금의위를 위한 연회가 진행되었다.

유생들을 도와 먹을 갈던 장문수와 그 일행도 이번 연회에

참석하게 되었다.

구성원은 다르지만, 그들의 입에 오르내리는 것은 유생들의 문장이었다.

사실 한빈의 문장보다 하북팽가의 서기들이 더 놀랐던 일이 있었다.

그것은 설화와 청화 그리고 소군의 문장이었다.

문장들은 톱니바퀴처럼 딱 들어맞지는 않았지만, 화려한 필체와 속도 그리고 신선함은 모두가 인정하지 않을 수 없었다.

덕분에 구석에 앉아 있는 서기들은 연신 그들을 칭찬하고 있었다.

"일개 시비가 우리보다 낫다니!"

체념하는 서기도 있었다.

"혹시 사 공자에게 학문을 배워서 그런 게 아닐까?"

한빈에게 관심을 보이는 서기도 있었다.

그들 중 장문수는 아무 반응 없이 고개를 숙이고 있었다.

뭔가 고민하는 듯 음식도 입에 대는 둥 마는 둥 술잔만 바라보고 있었다.

그런 그의 옆에 한빈이 다가왔다.

"장 서기, 아까는 고마웠네."

"네?"

"자네가 있었기에 내 문장이 더욱 빛난 것 같았네."

"그건 실수……."

"아니네. 실수라 해도 결과가 좋았으면 상을 받아야 하는 법 아니겠나? 무슨 상을 원하는가?"

"저도 배우고 싶습니다."

"배운다고? 혹시 무공이 배우고 싶은가? 일단 한 잔 받게!"

한빈은 그의 잔에 술을 따랐다.

장문수가 술을 벌컥벌컥 들이켜더니, 얼굴이 벌게진 채 입을 열었다.

"그, 그게 아니라 학문을 배우고 싶습니다. 알고 보니 제가 목불식정(目不識丁)이었습니다."

목불식정이란, 고무래를 보고도 정자를 알지 못한다는 뜻.

즉 일자무식을 뜻한다.

한빈은 고개를 갸웃하며 물었다.

"그게 무슨 말인가?"

"가장 좋은 스승이 옆에 있었는데 제가 알아채지 못했습니다, 공자님."

"스승이란 지금 나를 뜻하는 건가? 장 서기."

"사실 저는……."

그때부터 장문수는 자신의 이야기를 털어놨다.

그의 이야기를 듣던 한빈은 조용히 장유중 쪽으로 시선을 돌렸다.

그의 이야기 중 몇 부분이 장유중이 여기까지 오면서 이야기했던 그의 과거와 일치했기 때문이었다.

순간 한빈은 눈을 빛냈다.

이게 용린검법이 말한 인연일 수도 있었다.

다음 권으로 이어집니다

꿈의 도약, 로크에서 하십시오
(주)로크미디어에서 신인 작가를 모십니다

즐거운 세상, 로크미디어는 꿈을 사랑하고 도전을 두려워하지 않는 작가 분들의 참신한 작품을 기다리고 있습니다. 21세기 장르 문학계를 이끌어 갈 차세대 선두 주자 (주)로크미디어에서 여러분의 나래를 활짝 펴 보시길 바랍니다.

모집 분야 판타지와 무협을 포함한 장르 문학
모집 대상 아마추어 작가, 인터넷 작가
모집 기한 수시 모집
   작품 접수 시 유의 사항
     1. 파일명은 작가명_작품명.hwp형식을 갖춰 주십시오.
     1. 파일에 들어갈 내용은 다음과 같습니다.
       — 성명(필명인 경우 실명을 밝혀 주세요), 연락처, 이메일 주소
       — 제목, 기획 의도
       — A4용지 1장 분량의 등장인물 소개
       — A4용지 2장 분량의 전체 줄거리
       — 본문
     1. 작품이 인터넷에 연재되고 있다면, 게시판명과 사이트의 구체적이고 정확한 주소를 기재해 주십시오.

선택된 작품은 정식 계약 후 출판물로 간행되어 전국 서점에 유통됩니다.
작가 분은 (주)로크미디어의 전폭적인 지원하에 전속 작가로 활동하시게 됩니다.
※ 자세한 내용은 로크미디어 홈페이지(rokmedia.com)를 참조하세요.

(03920)서울시 마포구 마포대로 45 일진빌딩 6층
(주)로크미디어 편집부 신간 기획 담당자 앞
전화 : 02) 3273-5135
www.rokmedia.com   이메일 : rokmedia@empas.com